EL VIAJE DE LOS COLIBRÍES

SUE ZURITA

EL VIAJE DE LOS COLIBRÍES

Edición especial ilustrada
10º aniversario

Grijalbo

El papel utilizado para la impresión de este libro ha sido fabricado a partir de madera procedente de bosques y plantaciones gestionadas con los más altos estándares ambientales, garantizando una explotación de los recursos sostenible con el medio ambiente y beneficiosa para las personas.

Penguin Random House Grupo Editorial

El viaje de los colibríes

Primera edición en Penguin Random House: octubre, 2022
Segunda edición: noviembre, 2024

ISBN: 978-607-384-368-3

Impreso en México – *Printed in Mexico*

A todos los que han sido parte de este viaje.
A los que se fueron por esas cosas del destino
o incluso porque no quisieron quedarse...
Especialmente a los que, a pesar del tiempo
y la distancia que nos separa, siguen caminando conmigo.

A mi pequeña Pía…

Noviembre, 1996

Desperté ese día y me di cuenta de que todo en mí había cambiado, ya no era la misma Romina de Tierra Blanca.

Siempre estuve rota por dentro, pero ahora me faltaba algo y no se trataba sólo de Nicolás Zamora, era un miedo terrible de enfrentar a la chica del espejo y estar decepcionada de ella.

Eran tantos los sentimientos que mi pecho albergaba, eran tantas las frustraciones y tan grande la desesperanza, que hundí la cara en mi almohada y lloré incontrolablemente, hasta casi dejar secos mis ojos.

¿Cómo puede una chica de veintitantos sentirse tan infeliz y desdichada?

1

ENERO, 1991

Crecí en una ciudad calurosa al sur de México, con una madre alcohólica y con mi hermana Samanta, que abandonó el disfuncional hogar a los dieciséis —se fue a vivir a Cabo San Lucas con su novio Santiago—.

A pesar de todo lo vivido, Samanta jamás nos olvidó. Llamaba frecuentemente y cada mes le enviaba un pequeño giro a mamá. Ella, al salir de Telégrafos, con la cantidad recibida, se iba a meter a la primera cantina que encontraba en el camino. Mi mente se aferraba a olvidar los detalles amargos de mi infancia.

El padre de Samanta fue en la vida de mi madre el segundo matrimonio fallido y sin duda el hombre al que más amo. A pesar de ese amor desmedido, él la abandonó cuando yo tenía alrededor de cinco años. Jamás superó la depresión en la que cayó y poco a poco se hundió en el vicio del alcohol; ella les llamaba tragos de olvido.

A los trece años, empecé a trabajar, empacaba la mercancía de los clientes en el mismo supermercado donde mamá llevaba mucho tiempo laborando, hasta que un día la despidieron. La casa en la que vivíamos nos la dejó la abuela antes de morir. Al menos el techo y la cama eran algo seguro en nuestras endebles vidas.

Concluí la preparatoria y me dieron trabajo de cajera en el mismo supermercado de toda la vida. No sé si en realidad no busqué otro empleo por falta de oportunidades o por el miedo a arriesgarme a ir por algo diferente.

Esa noche tenía mucho trabajo, salí más tarde de lo normal. Al llegar a casa, mi madre estaba tirada en el suelo, no paraba de vomitar, su rostro pálido, sus ojos hundidos. Traté de levantarla para limpiarla, pero volvió a resbalar. Su mejilla fue a dar al suelo. Quería llorar, pero me contuve, llamé a emergencias. Al poco rato llegó la ambulancia. Unos instantes después de ingresar al hospital, el doctor se acercó a decirme solemnemente que mi madre había muerto.

Me tragué todos mis sentimientos, los ojos se me llenaron de lágrimas, pero no derramé alguna.

Llegué a sentir admiración por mamá. ¡Cómo era posible que resistiera una vida tan miserable y triste!

Siempre disfruté el silencio, pero esa noche no. Era tétrico. Mis pensamientos fueron interrumpidos por el *ring ring* del teléfono.

—Hola, Sam.

—Hola, Colibrí —respondió Samanta.

—Todo estará bien.

—Lamento no estar ahí…

—Lo sé.

No dijimos nada más. La despedida fue breve, susurré: "Te amo".

—Te amo también —me repitió ella y colgué.

Samanta me llamaba Colibrí desde niñas. Cuando yo tenía seis años y ella cuatro, un colibrí chocó contra la ventana, se deslizó hasta el suelo, inconsciente. Corrimos a verlo, lo recogí con delicadeza y lo acaricié, Samanta observaba sorprendida, le dijo al pajarito palabras de aliento. Entré a la casa con el ave entre las manos y le pedí a Samanta que buscara entre los tiliches la jaula que alguna vez fue de un par de canarios australianos. El colibrí no sobrevivió ni una noche, pensé que fue debido a que no supe cómo cuidarlo. En sus diminutos ojos pude ver su tristeza.

Desde entonces tuve la atracción por las aves. Por su majestuosidad y belleza, por lo que representa volar. Ir por doquier sin que nada te detenga, tan alto o tan lejos como sea posible.

Desde el día que me topé con aquel colibrí color violeta con azul, supe que algún día me quería ir lejos de ese pueblito caluroso, porque los colibríes, a pesar de ser las aves más pequeñas del mundo, son capaces de vivir con intensidad cada día de su existencia. Su corazón llega a latir hasta dos mil pulsaciones por minuto y su aleteo ochenta veces por segundo. No importa si es mucho o poco su tiempo de vida, si se vive así, sin límites, vale la pena.

Mi corazón me decía que mi espíritu era el de un colibrí y que yo tampoco tenía por qué vivir en cautiverio.

Me acosté en el sofá mirando el techo. Escuchaba el latido de mi corazón y cada respiro. Sí, mis signos vitales me decían que, aunque no me sintiera así, yo estaba viva. Mi mente estaba en blanco, no sentía tristeza, ni alegría, ni paz, ni rabia. No podía recordar nada de mi pasado, ni tenía aspiraciones del futuro. No podía soñar despierta.

Entonces llegó a mi mente la imagen de Samanta. Tan hermosa, llena de vida, tan valiente, haciendo su propio camino.

Mi madre estaba muerta, ya no había a quién cuidar. ¿Y yo? ¿Quién era yo? Romina Pármeno, la cajera del supermercado, sin ambiciones, sin pasión, sin ilusiones. Yo era la chica que estaba mirando el techo, acostada en el sofá, en una vieja casa.

Al siguiente día limpié la casa, cubrí los pocos muebles con enormes bolsas de plástico. Regalé casi todo a los vecinos y otras cosas a mis compañeros de trabajo. Al fin y al cabo, no le harían falta a mamá, ni a Samanta, ni a mí. Dejé la casa casi vacía.

Renuncié a mi trabajo. No me despedí de nadie, nadie me extrañaría. Probablemente, nadie notaría mi ausencia. Cuando mi jefe me preguntó a dónde iría, sólo sonreí débilmente y con los ojos llorosos. Para ser sincera no tenía respuesta a esa pregunta, porque ni yo lo sabía.

Tomé dos maletas. Metí algo de ropa, un portarretratos con una fotografía donde mamá cargaba a Samanta que tenía un año y yo a su lado, tomándole la mano, en mi rostro una gran sonrisa se dibujaba, recordé lo feliz que me hacía mamá cuando me vestía con ese vestido naranja que llevaba en la fotografía. Detrás de nosotras una camioneta Ford 1970.

Salí de la casa con las maletas en las manos, en ellas cabía toda mi vida.

Eran las 9:20 p. m.

Con un candado cerré la puerta. Encerré mi pasado ahí dentro.

No deseaba que ni una partícula de ese polvo, de esa casa y de tantos malos recuerdos se fueran conmigo a la nueva vida donde yo quería y planeaba crear nuevos recuerdos.

Tomé un taxi. El conductor me ayudó a subir las maletas a la cajuela, en la radio Jimmy Fontana cantaba: *Gira el mundo, gira en el espacio infinito, con amores que comienzan, con amores que se han ido, con las penas y alegrías, de la gente como yo…*

El recorrido me pareció una eternidad, pero al fin llegamos a la central de autobuses.

Parada frente a las taquillas, observando los letreros que indicaban los destinos, horas de salida y precios, aún no decidía a dónde ir. Busqué la tarifa de precios más barata y en un local de revistas que estaba al lado mío había una revista de guía turística de distintas ciudades.

Mis pantalones estaban deslavados, las agujetas de mis tenis sueltas, mis mejillas blancas y mi interior lleno de hastío... Todo el ruido común de aquella sala parecía ser ignorado. En ese instante me quedé sorda, veía a la gente ir y venir, llorar en las despedidas y llorar en los reencuentros.

Gente que tropezaba con otra gente, personas que gritaban por teléfono. Un niño lloraba, hombres y mujeres esperaban en la fila de las ventanillas. Todo a una velocidad lenta ante mis ojos. Me daba miedo convertirme en una mujer como mi madre, vacía por dentro y sin un propósito en la vida, de alma gris. Mamá murió a los treinta y nueve años y entonces me pregunté qué sería de mí al llegar a esa edad. **Hasta ese momento caminaba sin sentido y sin dirección, necesitaba desesperadamente encontrar mi destino.**

Volví a mirar las revistas. En la portada de una de ellas se veía una hermosa catedral, decía: *¡Qué chula es Puebla!* Volví la mirada a los letreros de las tarifas y, de repente, todo aquel ruido llegó a mí de un solo golpe. Sentí una punzada en la sien, escuché que anunciaban la salida del próximo autobús a Puebla y de inmediato corrí a la taquilla.

La cajera me repitió:

—¿Sólo uno?

—Sí, sólo yo.

Corrí el andén 8. El autobús era viejo, el chofer robusto y excesivamente amable. Un muchacho me pidió la maleta más grande y la aventó en el maletero del camión, subí la maleta pequeña conmigo y la coloqué arriba de mi asiento, que era el último. Me senté junto a la ventana, cerré la cortina. **No quería sentir nostalgia, sólo quería dejar atrás todo.** Uno no se va por cobarde, uno se va por valiente. Y ser valiente no significa no tener miedo. Entonces uno se va con miedo, pero se va.

Eran casi las once de la noche del 10 de enero de 1991. Cinco días antes cumplí veinte años y entonces no imaginaba que una semana después estaría camino a una ciudad que desconocía, esperando encontrarme a mí misma.

2

Después de casi ocho horas, sentada en aquel viejo autobús intentando dormir, por fin escuché al conductor hablar por el altavoz: "Bienvenidos a la ciudad de Puebla, la temperatura es de cuatro grados centígrados y el reloj nos indica las 5:55 a. m. A los pasajeros que bajan, les deseamos que tengan una excelente estancia, y a los que continúan su viaje a la Ciudad de México, tendremos un descanso de veinte minutos".

Di un suspiro que contenía una mezcla de angustia y emoción, el frío calaba hasta los huesos y mi descolorida sudadera azul no tenía ningún efecto abrigador. No podía mover las manos de lo congeladas que las tenía. Intenté acomodar mi cabellera, humedecí mis labios partidos y resecos, uní las manos y las coloqué en la boca para darles calor con mi aliento, me paré del asiento y recogí la maleta que estaba arriba de mi lugar, en el portaequipajes, y bajé del autobús lentamente.

Esperé a que me entregaran una segunda maleta, color azul marino con ruedas desgastadas, y caminé a la salida de la terminal, aún incrédula de mi osadía.

Salí de la CAPU (Central de Autobuses de Puebla), eran las siete de la mañana. Las calles repletas por vendedores ambulantes, la gente que iba aprisa se tropezaba conmigo, hacían un mal gesto y me miraban como diciendo:

Avanza o retrocede, pero haz algo porque, justo ahí donde estás parada, estorbas.

Un empujón y luego otro, levanté la vista y me encontré con esa extraordinaria postal que desde entonces me causa una admiración emocional: el Popocatépetl arrodillado junto al Iztaccíhuatl, ambos parecían alcanzar el cielo; me sentí tan diminuta.

Y es que la leyenda que hay sobre estos volcanes enamora a cualquier visitante. Trata de aquel guerrero azteca que ama a Xochiquetzal, quien tras ser engañada sobre la muerte de su amado se casa con otro. El guerrero, al volver, vence a su enemigo en un duelo y va en busca de Xochiquetzal, pero la encuentra muerta, ya que ella no soportó la vergüenza de haber sido de otro. Él se hincó a su lado y le lloró tan amargamente que del cielo cayeron piedras de fuego, la tierra tembló y, al llegar el amanecer, donde ellos estaban, aparecieron los majestuosos volcanes como símbolo de su amor eterno.

Y ahí estaba yo, tan pequeña como me sentía, observando cada detalle de la silueta de la mujer acostada y su guerrero a un lado. Un empujón más y una de las maletas se me escapó de las manos.

En el sitio de taxis solicité uno que me llevara a un hotel cercano, preferentemente de bajo costo, le indiqué al conductor. Avanzamos un par de calles y llegamos a un motel de paso que tenía un aspecto descuidado. En la recepción un joven flaco hizo el cobro y me dio la llave de la habitación, sonrió con amabilidad. Me dirigí a la habitación que me asignó el joven, la perilla de la puerta estaba fría y algo floja, temí romperla, por ello cerré con precaución la puerta. Observé a mi alrededor, no me dieron ganas de acostarme en la cama, tenía la impresión de que esas sábanas no habían sido cambiadas en varias semanas. Me senté en el suelo a la orilla de la cama y prendí el televisor, sintonicé el canal de las noticias locales para tratar de ubicarme cómo era la ciudad en esos días. Aunque mi cansancio era evidente, ya deseaba que fuese un poco más tarde para salir en busca del desayuno, un café y el periódico.

Cuando dieron las diez de la mañana salí de la habitación. El recepcionista, que iba de salida, se montó en su bicicleta y me acompañó al puesto de periódicos y me recomendó la fonda de la esquina.

—Los chilaquiles rojos de la señora Mari son excepcionales —afirmó.

Mientras degustaba los recomendados chilaquiles, buscaba en los clasificados un lugar donde alojarme de manera más permanente, tenía que darme prisa para instalarme y buscar empleo; con los pocos ahorros que llevaba no sobreviviría más de un mes, así que subrayé con una pluma roja de escasa tinta los anuncios que podrían ajustarse a mi presupuesto. Me marché sonrojada del puesto de comida, pues no me alcanzaba para dejar propina.

En la Avenida 9 Poniente, a un par de cuadras de la catedral, con calles adoquinadas y casas de estilo colonial con enormes ventanales, todo Patrimonio de la Humanidad desde 1987, me esperaba mi futuro hogar.

Me comuniqué a otros lugares antes de dar con esa opción: departamentos compartidos fuera de mi presupuesto en bonitos edificios, pensiones de estudiantes económicas sin nada de privacidad. Hasta que encontré una habitación disponible en la zona centro, en una casa de huéspedes. Cuatro balcones daban a la calle, el enorme portón estaba entreabierto, el patio era amplio, lleno de plantas y flores. En medio había una fuente de querubines que evidentemente llevaba mucho tiempo en sequía. Subí las anchas escaleras detrás de la fuente y toqué en la puerta 22 como indicaba el anuncio.

—Buen día —salió Nora sonriente, una mujer de aspecto amable, su cabellera ondulada caía sobre sus hombros, entre sus caireles se distinguían algunas canas—. ¿Romina? —me preguntó.

—Romina Pármeno —me presenté. Estreché mi mano con la suya.

Me invitó a pasar a la sala. Cuatro gatos ronroneaban por ahí. Me sirvió un champurrado, una bebida milenaria que se sirve caliente, de consistencia espesa y espumosa, sabía a chocolate con un ligero aroma a vainilla, justo lo que necesitaba para calmar el frío que penetraba mis huesos.

La pequeña sala estaba abarrotada de muebles antiguos. La alfombra de un color grisáceo opaco cubría el suelo. Estornudé.

—¡Salud! —dijo de inmediato Nora.

Las paredes estaban cubiertas por repisas y jugueteros de madera repletos de gatos de porcelana y varios cuadros con fotografías en blanco y negro de una niña.

El comedor estaba frente a mí y tenía un mantel rosa pálido, tejido con estambre. Después supe que Nora lo había hecho, a eso se dedicaba en sus ratos libres. Algunas ocasiones, un grupo de señoras, y una que otra jovencita, se reunía en el jardín a tejer. Los domingos colocaban una mesa en el zaguán y exhibían sus piezas para vender a los que pasaban por ahí.

El mueble tipo consola, detrás del comedor, llamó mi atención, era precioso.

—Es del siglo XIX, perteneció a mi abuela —presumió Nora, al notar mi interés por el mueble, en él tenía una variedad de piezas de una vajilla de auténtica talavera poblana.

Quise preguntar por la niña de las fotos, pero pensé que podría ser inapropiado.

Salimos de la habitación de Nora, caminamos al final del pasillo y entramos a la habitación que se ofrecía en renta.

—Ésta es la habitación disponible.

Abrió la puerta con una llavecita antigua y oxidada, rechinaron las bisagras como el llanto agudo de un niño; el cuarto era pequeño, un tocador de madera rústica frente a la cama, dos burós y una lámpara, cortinas de color verde oscuro por las cuales no entraba ni un rayo de luz. En un rincón, un intento de cocina, con una tarja en mal estado que goteaba, una mesa con un par de trastos y una parrilla eléctrica con cochambre. Olía a humedad y las paredes tenían pintura que se caía a pedazos; el sanitario era reducido, todo en su versión más austera, y una cortina de plástico floreada hacía las veces de una puerta. La única palabra que encontré para describir fue "acogedora", una sonrisa falsa bastó para cerrar el trato. **Aquel pintoresco lugarcito era mi nuevo hogar.** Aunque había pagado tres noches de hotel no me importó, fui por mis cosas inmediatamente para instalarme ese mismo día.

Ni siquiera desempaqué las maletas, las aventé al lado de la cama, me desnudé completamente y me metí a la ducha. El agua estaba tibia y enjuagaba mi cabello con tranquilidad, hasta que un chorro de agua helada me sorprendió, de un brinco salí del baño y me envolví en la toalla, me miré en el espejo, la piel pálida, los ojos rojos, las mejillas huesudas y el cuerpo escuálido. Las últimas semanas habían sido agotadoras. Me puse mi pijama y sobre ella un abrigo, me tapé con una colcha gruesa, pero nada parecía calmar el frío que invadía mi corazón.

Era mediodía cuando varias campanadas sonaron; me desperté, se detuvieron un momento y otra vez repicaron. En aquella parte de la ciudad me rodeaba una iglesia por cada esquina.

3

El calendario marcaba primero de febrero y con cada hoja que arrancaba sentía que se me iba la vida. Debía sentirme optimista después de más de veinte días desempleada. Aquella soleada mañana era mi primer día de trabajo; encontré una vacante en un casino de la avenida Juárez, me exigí entusiasmo por empezar algo nuevo, pero me invadía esa inseguridad que era tan común en mí.

El clima, que era más cálido que las semanas anteriores, no me convencía de dejar mi abrigo y bufanda. Mi uniforme era un pantalón negro y una blusa de manga larga, blanca e impoluta. Recogí mi cabello con un broche dorado y salí con mis mejillas un poco rosadas por el rubor. El autobús demoró más de lo que imaginaba y al pedir la parada salté y corrí a la entrada del personal.

—Hola, Romina —me saludó el encargado de seguridad, al cual conocí la primera vez que fui a la entrevista de trabajo.

—Buen día, Gonzalo —leí su gafete.

Eran las siete con diez minutos. Retardo —suspiré—. Un mal inicio.

Gonzalo me indicó que Martha Yareli, la gerente de Recursos Humanos, me esperaba en su oficina. La puerta de personal se volvió a abrir:

—Buen día —me saludó el chico de 1.80 que acababa de entrar, y me extendió su mano.

—Diego —se presentó, sus pequeños ojos negros parecían sonreír.

—Romina, Romina Pármeno —le estreché mi mano, di media vuelta y casi corrí por el pasillo.

—Se me hace tarde —dije a lo lejos.

Llegué a Recursos Humanos, había varios cubículos y al final una amplia oficina de cristal, con persianas americanas. Al verme, la licenciada Martha Yareli se paró de su cubículo.

—Adelante —me invitó a tomar asiento—, esperaba que fueras puntual, Pármeno.

—Lo siento —me disculpé sin decir nada más, pues justificarme no iba a sacarme del lío.

—¿Ella es la chica que voy a capacitar? —preguntó impertinentemente una rubia alta detrás de mí.

Giré para verla, sus ojos aceitunados me miraron de pies a cabeza. Martha me dio el chaleco color vino y el diminuto mandil que completaban el uniforme.

—Pármeno, te recuerdo que estás un mes a prueba, sé puntual, sigue nuestras políticas, enfócate en tu trabajo y estarás con nosotros por mucho tiempo —me dijo.

Me dio la impresión de que en sus palabras no había nada personal, seguramente usaba la misma frase con cada nuevo empleado.

Tras los trámites típicos de presentaciones y demás, llegué a conocer a Naima, una chica linda, aunque poco cortés, que fue asignada a capacitarme. Después supe que había sido ascendida y yo ocuparía su lugar. Recorrimos el casino de dos niveles: luz tenue en las salas de juego, piso alfombrado, sin relojes en las paredes, tampoco a los empleados nos estaba permitido portar reloj.

Dentro del casino, el clima, que estaba como un frío invernal, nos hacía perder la noción del tiempo tanto a empleados como a clientes, no sabíamos si era de día o de noche allá afuera.

El lugar estaba abierto las veinticuatro horas; nuestras jornadas eran de doce horas laborales por veinticuatro de descanso; un buen salario base y prometedoras propinas. Cada máquina se expresaba por sí misma con sus sonidos y sus luces.

Mi trabajo consistía en recargar el crédito de las tarjetas de los socios; si ellos tenían suerte, seguro yo también sería afortunada con las propinas. Las personas, cuando están eufóricas por haber ganado, suelen ser desmedidamente generosas. Y, por otro lado, debía ser breve y huir de los menos agraciados, pues la gente cuando está frustrada suele sacar su lado más iracundo; me aconsejó Naima.

Los meseros de blanco y negro, con largos mandiles, servían botanas y whisky, mientras que las anfitrionas se movían entre los socios, saludándolos y constatando que nada les faltara. Ellas en ocasiones enseñaban a usar las máquinas a los jugadores novatos. Por su parte, el personal de seguridad vestía trajes oscuros y observaba seriamente; el gerente jamás salía de su oficina, los jefes de piso con su característico estrés coordinaban todo y algún técnico revisaba y daba mantenimiento a las máquinas cuando era necesario.

—Yo creo que es la esperanza de toparse con la suerte lo que hace que pasen horas aquí, no importa si ganan o pierden. Ganar es el objetivo, por supuesto, pero mientras se sientan cómodos y atendidos te aseguro que volverán —externó Naima, como pensando para sí.

—¿La casa nunca pierde? —pregunté riendo, había escuchado esa frase en varias películas.

—Nunca —me respondió y me sonrió por primera vez.

De pronto, Diego, se paró frente a mí y preguntó:

—¿Qué te ha parecido? Estoy seguro de que nunca habías entrado a un casino.

—¿Tan provinciana me veo?

—No es eso, sólo que pareces una buena chica.

—Te pagan por trabajar, ¿podrías ir a tu área? —le ordenó Naima—. ¡Vamos! —me indicó a mí.

Continuamos el tour por el casino y, mientras me mostraba la sala de empleados, me habló de Diego despectivamente.

—Es atractivo y simpático, pero es sólo un conquistador; está casado, tan sólo hablar con él es una pérdida de tiempo y una chica como tú puede ser fácilmente embaucada; tendrás que ir por la ciudad con cuidado —me dijo, y sonrió al final, como tratando de matizar su comentario y ser amigable conmigo. Pero su sonrisa me provocó escalofríos.

Cada promotor tenía una rotación de su estación inicial cada tres horas, se suponía que no podíamos fraternizar con los socios ni estar platicando entre empleados, reglas que finalmente todos ignoraban. Esa actitud me recordaba al supermercado donde trabajé por muchos años en Tierra Blanca, no había pensado en mi pasado durante esas doce horas de trabajo, quizás comenzaba a dejarlo atrás.

Durante el turno debíamos estar en nuestra estación atendiendo socios, sin embargo, a veces otras promotoras, amigas de Naima se cruzaban para platicar.

Así fue como entablé conversación con Salomé, de piel morena y cabello largo ondulado —inevitable no mirarla—. Sus enormes ojos negros la hacían ver como esas personas con energía tan atractiva que producen chispas.

A la par conocí a Carmina, delgada, un poco más baja que yo de estatura y cara angelical, con cabello rubio corto hasta las orejas y pequeños ojos color miel.

En el receso para comer, Carmina me llevó al snack por un par de emparedados de atún. Bajamos al comedor y en el televisor transmitían caricaturas.

Henry se sentó con nosotras, adoré a ese chico desde que lo vi, era inevitable que, con su cabello alborotado, pasara desapercibido. Tenía sus manos suaves, con manicure perfecto, y una blanca dentadura. Llevaba un ligero bálsamo que hacía que sus labios se vieran más voluptuosos. Sus carcajadas contagiaban su peculiar alegría.

Al salir del comedor me topé con Diego, me saludó de nuevo, pero esta vez no le respondí, continué mi camino. Quizás me dejé llevar por los comentarios de Naima, pero ella tenía razón. ¿Qué caso tenía hablar con él?

Algunas personas son como callejones sin salida, no llevan a ninguna parte.

Después de la hora de comida no volví a ver a Naima, hasta el final del turno. El resto del turno lo pasé con Carmina; mientras entregaba su corte de caja me enseñaba lo básico.

Al salir del casino ya eran las siete de la noche, el frío ya cubría el ambiente. Me coloqué la bufanda alrededor del cuello, me puse los guantes, justo en la salida Naima llegó a encontrarse conmigo y con Carmina. Las dos chicas caminaron al estacionamiento.

—¿Te llevamos? —ofreció Carmina.

—Tomaré un taxi, gracias.

Ellas se subieron a un Volkswagen negro y yo fui directo a la parada, un grupo de compañeros iba delante de mí, las luces artificiales iluminaban la avenida, me senté en la banca y un chico saltó para sentarse junto a mí, era Diego.

—¿Cómo sobreviviste con Naima todo el día?

—¿Hay alguna razón para que ustedes no se quieran y se expresen uno del otro de la manera que lo hacen?

—¡Te lo juro, ninguna!

Los demás parecían ignorarnos, nosotros seguíamos charlando, él me aseguró que Naima simplemente no era agradable con nadie, pues todos resultaban para ella debajo de su nivel. A medida que nuestra conversación cambiaba, de uno a uno se iban retirando los otros compañeros, algunos se despedían casualmente de los dos, pero Henry fue muy efusivo, me abrazó fuerte y me plantó dos besos uno en cada mejilla.

Sin darnos cuenta, la calle se quedó solitaria y tranquila, casi las diez de la noche. Para ese momento ya sabía que Diego venía del norte del país, tenía veinticuatro años y llevaba cinco años de casado; **era una de esas charlas íntimas que no se tienen a menudo con un desconocido.** Por un momento se acabaron las preguntas y el breve silencio fue interrumpido por el claxon.

—¿Taxi?

—¡Vamos, lo compartimos! —Diego me tomó de la mano y subimos al coche.

Cuando llegué a casa, me desvestí y metí a la ducha que, como ya era costumbre, empezaba con agua caliente que era interrumpida por chorros de agua helada. Así que, temblando, salí de la regadera, me envolví en la toalla y me acosté en la cama. El cabello empapó la almohada, tomé el teléfono, tenía tantas cosas que contarle a mi hermana Samanta.

Llevaba más de un mes sin llamarla. Cuando mamá murió naufragué perdida en el mar, ella me mantenía anclada al muelle. Mi vida era ordinaria, y aunque desde niña soñé con irme lejos, nunca pensé que de verdad lo haría; **ahora emprendía un viaje sola en la búsqueda de mi destino.**

—Disculpa no haberme comunicado antes.

—Te entiendo, Colibrí —interrumpió—, te amo y la distancia no lo va a cambiar nunca.

> Cuando éramos pequeñas ella jamás se separaba de mí, decía que era mi sombra, y ahora estábamos tan lejos viviendo vidas diferentes. Pero ella tenía razón, lo que nos unía era más fuerte que lo que nos separaba.

Le conté de mi nuevo empleo, de la ciudad, del lugar donde me estaba hospedando y dio un grito de sorpresa al notarme tan determinada e instalada. Le conté de los compañeros de trabajo y por supuesto que mencioné a Diego.

—¿Qué pasará con la casa? —preguntó.

—No es momento de decidir.

Luego de contarme que ella consiguió un empleo como recepcionista de un hotel, me describió entre risa y risa, mientras su novio se la comía a besos, a su odiosa jefa. Nos despedimos enviándonos un gran abrazo y un "Te amo".

Apagué la lámpara e intenté dormir, pero las emociones que sentía no me permitían conciliar el sueño. Y entre mil pensamientos, al fin conseguí dormir plenamente.

El repicar de las campanas, que anunciaban la siguiente misa, fue lo que me devolvió del sueño. Ya era mitad del día y yo sentía un hambre terrible, además de que me levanté con un dolor de cuello apenas tolerable.

Aun así, me levanté y me dirigí a un restaurante de Los Portales, de mesas de madera rústica, manteles floreados y adornos de talavera en las paredes. Pedí el mole, la especialidad de la casa, que sirvieron bien caliente, olía a chocolate, chiles y especias, espolvoreado con ajonjolí tostado y acompañado de arroz blanco. La mesera colocó un tortillero de mimbre con unas tortillas de maíz recién hechas a mano y envueltas en un retazo de tela de varios colores. El agua de limón estaba fresca y dulce. Al terminar el platillo, aún me quedó espacio para el postre: un arroz con leche con suficientes pasas y trozos de canela, servido en una taza de barro.

Pasé la tarde sentada en el zócalo, viendo a las palomas amontonarse por los granos que desde una banca un anciano les aventaba. Un organillero se acercó a mí y ofreció una melodía.

¿Cuántas experiencias me faltaban por vivir? ¿Y cuántas me había perdido?

Comenzaba a dejar la carga del pasado, a sentirme distinta. Era momento de empezar una nueva vida.

Conforme las semanas pasaban, Nora y yo hacíamos una amistad más íntima. Todos los domingos pasaban un programa de variedades musicales que Nora jamás se perdía. Algunas veces iba con ella a beber una taza de té mientras veíamos televisión. Era una mujer muy querida por sus vecinos e inquilinos; sus sobrinos nietos venían a visitarla los fines de semana, pero yo seguía sin saber quién era la niña de las fotografías.

—La niña de esas fotos es hermosa.

—Es Anastasia, mi única hija, se fue muy joven, apenas tenía dieciséis y desde entonces no la he vuelto a ver.

—¿Has intentado buscarla?

—Hace muchos años lo hice, Romina, pero ella no quiere saber de mí y decidí respetar su decisión.

Se me hizo un nudo en la garganta. Nora, que parecía una mujer muy sincera y noble, ¿cómo podría ser despreciada por una hija?

—A veces me asomo desde mi ventana y la imagino jugando en la fuente, como lo hacía cuando era niña, pero ella ya no es mi pequeña Anastasia y nunca lo volverá a ser. Al igual que esa fuente, jamás será encendida otra vez.

Le di un abrazo.

En la televisión el conductor del programa anunció a Georgina León.

Los ojos de Nora dejaron escapar una lágrima que se deslizó lentamente por su mejilla.

Georgina era una cantante originaria de Puebla, famosa en todo el mundo por su extraordinaria voz. En esa ocasión era homenajeada por sus veinte años de carrera. La orgullosa ganadora del Festival OTI en Sevilla, España, lucía un espectacular traje regional mexicano, una larga falda roja con rebordados de lentejuela y una blusa blanca con flores bordadas con chaquiras. El cabello totalmente recogido con una trenza de diadema que cruzaba de oreja a oreja. El público la recibió de pie con una ovación.

—¡Bienvenida a México, Georgina! —el conductor la recibió con un beso en la mejilla.

—Gracias, muchas gracias por este recibimiento. Ya extrañaba estar en mi tierra y con mi gente.

El público le dedicó otros aplausos.

—Cuéntanos, ¿qué has hecho?

—Antes que nada, muchas gracias por todo, Raúl. Recuerdo que hace veinte años me presenté en tu programa por primera vez y desde entonces no he parado. Hemos representado a México en El Cairo, Marruecos, hemos llegado a China, viajando por todo el mundo, llevando nuestra música folclórica latinoamericana. Quiero agradecer a mis músicos; sin ellos no soy nada. Y a Chuy, mi esposo, representante y compañero de vida.

La lluvia de aplausos seguía.

—Y ahora vienes a presentarnos este maravilloso disco de boleros…

—Así es, al fin tengo en mis manos este disco que es muy especial para mí. Hemos reunido los más hermosos boleros y este disco se lo dedico a mi padre, que hace muchos años me lo arrebataron, pero él siempre está conmigo.

Raúl la abrazó y, señalando el cielo le dijo:

—Él te ve y te cuida.

Los músicos comenzaron a tocar una melodía y el conductor del programa dejó en el escenario a Georgina para que la interpretara.

Sentí cómo la piel de Nora se erizaba. Escuchar a Georgina León le provocaba emociones y melancolía.

Al siguiente turno que me tocó laborar llegué temprano y entusiasta. Naima ya había llegado, llevaba un buen rato en la oficina del gerente, me dijo mordazmente Carmina. No supe qué decir al respecto y opté por preguntarle cómo la pasó en su día libre.

Carmina giró los ojos e hizo una mueca.

No noté que Naima ya estaba detrás de mí hasta que puso su mano en mi hombro y me dijo:

—Hoy estaremos en la sala Premier.

En el primer receso me senté junto a Naima, y ésta me presentó a Jocelyn, una linda chica que era anfitriona. En la mesa de enfrente estaban Henry y Diego, sólo me saludaron con un gesto. Al terminar la hora del descanso, las chicas se adelantaron mientras yo me demoraba en el sanitario. Al salir Diego estaba frente a mí.

—¿Te puedo ver al rato?

Sonreí, pero no respondí y corrí a alcanzar a las chicas.

Antes de terminar el turno, Henry se acercó:

—Entonces… —murmuró.

—¿Qué?

—¿Lo esperas? —me dijo en voz baja.

Naima estaba en gerencia, checando unas cosas con Massimiliano Altobelli, el gerente, y Carmina, que estaba a unos pasos, nos miraba de una manera que me ponía nerviosa.

—Sí —al fin di una respuesta.

En cuanto Henry se alejó, Carmina me interrogó acerca de lo que hablábamos.

—Nada importante, Henry me platicaba cosas —balbuceé.

Naima se fue sin despedirse. En el estacionamiento el Volkswagen que Naima conducía días anteriores, ahora lo manejaba Salomé. Carmina subió al auto y preguntó con un tono un tanto autoritario:

—¿Te llevamos, Romina?

—Se va conmigo —respondió de pronto Henry, antes que yo pudiera articular algo.

Salomé preguntó por Naima, y al unísono Henry y Carmina le respondieron:

—¡Cena italiana!

No necesitaba ser muy lista para entender que se referían a Massimiliano Altobelli, pero preferí no comentar nada.

Llegamos a la parada, el único ahí era Diego, los demás se habían marchado. Henry tomó el primer taxi que pasó, dejándonos solos. Diego y yo caminamos en silencio un par de calles, hasta llegar a un parque. Sólo lo seguía, y él sonreía como si eso le gustara. Nos sentamos en las jardineras de un rincón, ya era de noche y sólo nos alumbraba una farola.

—¿Qué tal te fue hoy? —rompió el silencio.

Subí la cremallera de mi chamarra.

—Bien.

Me miró fijamente:

—Quería verte, la pasé muy bien contigo la otra ocasión.

—Yo también.

—¿Por qué viniste a esta ciudad? —preguntó sin rodeos.

Sabía que en cualquier momento alguien iba a hacerme esa pregunta.

—A empezar de nuevo —suspiré, y no dudé ni un segundo en contarle mi historia; y traté de sonar lo menos trágica posible.

Puso su mano sobre la mía y en ese instante supe que podía enamorarme de alguien como él, inclusive de él.

4

Los meses transcurrieron, no sería apropiado decir que el tiempo iba esta vez más rápido, puesto que todos los días tienen veinticuatro horas. Simplemente me dejaba llevar, igual que una hoja se deja arrastrar por el viento o un barco de papel en los riachuelos que se hacen bajo las aceras al llover. Esos días que me reunía con Diego eran los más felices de mi vida y el resto me daba igual.

Las últimas semanas de agosto y las primeras de septiembre fueron lluviosas, algunos días más intensos que otros. En las calles se hacían grandes charcos, y debía saltar de un lado a otro para evitarlos. Ese 12 de septiembre la suerte no me favoreció, una camioneta pasó a tal velocidad que me salpicó totalmente, a pesar de llevar una capa impermeable, el baño de lodo hizo estragos en mi apariencia.

Al llegar al casino me encontraba despeinada, mojada y completamente enfurecida. Diego, que estaba en la entrada, no me dirigió la palabra. No hice caso alguno, lo ignoré de igual manera. Hice el procedimiento de rutina para entrar y fui directo al tocador. Pasaron varias horas para que mi ropa se secara y con el chaleco disimulaba mi mal aspecto, pero el mal humor no mejoró y ni las chicas se atrevían a hablarme.

—Esa mirada mata —me murmuró Henry.

El turno fue agotador, muchos socios que atender y breves descansos, de tal manera que no coincidí con ninguno de mis compañeros, lo cual agradecí, pues mis ganas de socializar se habían esfumado.

Los días que siguieron fueron menos lluviosos, el otoño estaba por llegar, las hojas de los árboles se teñían café, y yo, al igual que los niños, no salía de casa sin mis guantes y mi gorro de estambre rojo que me tejió Nora.

Esos días volví a reunirme con Diego al salir del trabajo, siempre en el mismo jardín y a la misma hora, a veces le cancelaba cuando iba de fiesta con las chicas. Ambos preferíamos ser discretos con respecto a nuestra amistad. Nadie la entendería, él me hacía reír como nunca me había reído. A veces, no sé si por el frío o por el hecho de tenerlo cerca, mis mejillas se sonrojaban, pero estaba consciente de que no podía verlo como algo más que un amigo.

Corrí al parque para alcanzar a Diego, llevaba más de media hora esperándome, pero yo no lograba escabullirme de Carmina.

—Te extrañé —me dijo al verme.

Tomó mi mano invitándome a sentarme a su lado, se acercó lentamente y me besó en los labios. Fue uno de esos besos que han estado atrapados mucho tiempo, con una pasión y una dulzura que hicieron estremecer mi cuerpo. Se apartó y me miró cómo preguntándome si estuvo bien o mal. La confusión de lo que sentía y lo que era correcto me aturdió.

—Será mejor irnos —me paré.

Él insistió en que me quedara, y aunque todo mi ser quería quedarse, no accedí. Me aterraba percatarme y aceptar que mis sentimientos por él crecían. Algo dentro de mí se aferraba a la Romina de antes, aquella cuyos principios no le permitían involucrarse con alguien comprometido, y a la que cada vez me parecía menos; **no podía permitirme enamorarme de la persona equivocada.**

Por aquellos días las chicas decidieron dejar su anterior departamento y arrendar una casa más grande en la colonia La

Paz. Tenía una amplia cochera y un pequeño jardín en el patio de atrás. Estaba situada a pocas calles de la fuente de Los Frailes. Y como el lugar era amplio, decidimos hacer la fiesta del 15 de septiembre ahí y celebrar juntos el Grito de Independencia.

Llegué antes de medianoche con una botella de vodka Absolut que sugirió Carmina. Henry y su novio Francisco ya estaban instalados en la sala tomando unas cervezas. Jocelyn, que en unas semanas daba a luz a su primogénito, estaba acurrucada en los brazos de su esposo, y Gerardo, que era jefe de mantenimiento del casino y prometido de Salomé, sintonizaba el televisor. Salomé y Naima en la cocina servían en bandejas los típicos antojitos mexicanos.

Después del Grito, encabezado por el presidente, el cual vimos por televisión, Jocelyn sirvió pozole. Su esposo, con evidentes ojos de cansancio, se tomó de un solo trago el vodka en las rocas. Pusimos algo de música y platicamos trivialidades. Carmina me dio un vaso con mucho hielo, vodka y jugo de arándano. Hasta esa noche siempre que salía con las chicas a algún bar yo bebía agua mineral o algún coctel sin licor. Las pocas veces que había tomado en la vida era un sorbo de sidra en los brindis anuales del supermercado.

—Sólo una copa —me dijo Carmina e hizo una seña con la mano para que bebiera.

Di el primer trago, las risas comenzaron a fluir y enseguida acabé el primer vaso. Carmina me sirvió otro, después otro y otro, hasta que perdí la cuenta. Recuerdo que sonaba Caifanes con "La Negra Tomasa" y Carmina muy entusiasta cantaba: *Esa negra linda, que me tiene loco, que me come poquito a poco...*

Bailé más de tres veces la misma canción, era como si los pies se despegaran del suelo y mis manos llegaran al cielo, estaba totalmente eufórica. Ya mareada di unos pasos para sentarme en el sofá y caí sobre la mesa de centro. Se hizo pedazos el vaso que llevaba en la mano izquierda, no sentí el dolor, pero la sangre escurría entre mis dedos

—Estoy bien, lo lamento.

Mientras Gerardo me ayudaba a levantarme, yo me rehusaba a admitir que estaba ebria. Seguí hablando, pero no recuerdo qué intentaba decir y dudo que ellos me entendieran, ya que con dificultad pronunciaba las palabras. Lo último que recuerdo es a Naima curando la herida, los demás tal vez ya se habían marchado.

Afuera la pólvora de los pirotécnicos esparcidos, los globos y las serpentinas; un silencio total, las calles vacías, comenzaba a amanecer.

Al día siguiente, escuchaba a lo lejos algunas voces. Entre el dolor de cabeza y que todo me daba vueltas, identifiqué las voces de Naima y Salomé. Yo estaba acostada en el sofá de la sala, tenía la mano izquierda vendada, la boca reseca y con un sabor amargo recorriendo la garganta. Estando ahí, en ese inconveniente estado, pude imaginar mi aspecto, con el rímel corrido, los ojos irritados y abultados, y una cara de desvelo imposible de ocultar. Me incorporé, el dolor de cabeza era insoportable y moría de sed.

—Jugo de naranja —me ofreció Salomé.

Me sentí avergonzada, recordaba tan poco de la noche anterior; sólo a Carmina bailando y en un rincón Salomé y Gerardo besándose y acariciándose como un par de adolescentes.

Jocelyn se fue, no se despidió. Sí, Jocelyn sí me dijo adiós. Me susurró: "¿Estás bien?". Sí, le respondí. Ya ni sé. ¿Dónde estaba Naima? La perdí de vista, después volvió, abrimos otra botella de vodka, otra vez música de Caifanes, la banda de rock favorita de Carmina, yo giraba, cantaba, me tropecé y no recuerdo más. ¿Dónde estaba Henry? ¿Qué le pasó? "Henry, ¿por qué lloras?", recuerdo haberle preguntado. Estaba encerrado en el baño y abrió la puerta: "Llegó Francisco, ya nos vamos".

El orden en que sucedieron las cosas probablemente no coincida con la secuencia que tenía en mi memoria.

—A todos se nos pasaron las copas —me dijo Naima como para desahogarme de esa culpa que me albergaba.

Me dolía la mano, no fue una herida muy profunda, pero sí de ésas que dejan cicatrices para toda la vida. No acepté desayunar con ellas, preferí irme a casa.

Pasé una hora en la ducha, de la cual, cuarenta minutos se me fueron en vomitar. Recordé a mi madre en ese instante, pero de inmediato me sacudí los pensamientos.

Ese día aprendí que, en Puebla, para las penas de amor, pan; para la resaca, mole de olla bien caliente, con mucho picante y mucho limón.

Mis ánimos no estaban para otro día de juerga, sin embargo, no pude negarme a curarme la resaca. Esa misma noche volvimos a encontramos, esta vez en el bar Luna Llena, que se encontraba al final del Callejón de los Sapos, en el centro histórico. Tenía un piso de duela desgastada, luz tenue, una rockola en una esquina, una escalera en forma de caracol que llevaba al segundo piso, cada mesa era redonda y con un quinqué encendido en el centro.

Nos sentamos en una mesa frente al escenario, que tenía forma de media luna. Salomé ordenó una botella de vodka, acepté que el mesero me sirviera un trago. Diego entró con su esposa acompañados por Henry y Francisco. Nos saludaron casualmente y subieron las escaleras, los perdí de vista. Era la primera vez que la conocía a ella, y verla ahí sonriéndonos fue un balde de agua fría, ella existía, claro que Diego siempre me habló de ella, pero al verla de frente no pude evitar sentir vergüenza, mi corazón me gritaba que esos encuentros a escondidas para nada estaban bien; como decía mamá: sólo una pendeja pierde tiempo haciendo cosas buenas que parecen malas.

Carmina puso unas monedas en la rockola; entre las risas y otra canción de Caifanes sentí la mirada de Diego. Dejé de tomar en cuánto me sentí mareada, esta vez no quería perderme de mí.

Henry y su novio nos acompañaron un rato en la mesa, ignorando los comentarios mordaces de Naima sobre Diego.

Aproveché una discusión acalorada entre Naima y Henry para escaparme un momento e ir a los sanitarios. Entré por un pasillo angosto y oscuro a un lado de la barra, al salir del baño tropecé con Diego.

Me jaló con fuerza hacia él.

—¿Por qué me has estado evitando?

—No es el lugar para hablar de esto —forcejeé para que me soltara.

—¿Entonces cuándo podremos hablar? —volvió a jalarme contra su pecho e intentó besarme, me impregnó de su olor a cerveza.

—Esto no es lo correcto, lo siento —lo empujé y caminé rápido hacia la mesa esperando que ya no me siguiera.

Ese día decidí que no quería emprender esa aventura, que, aunque Diego me atraía, no iba a dejar que entrara en mi corazón.

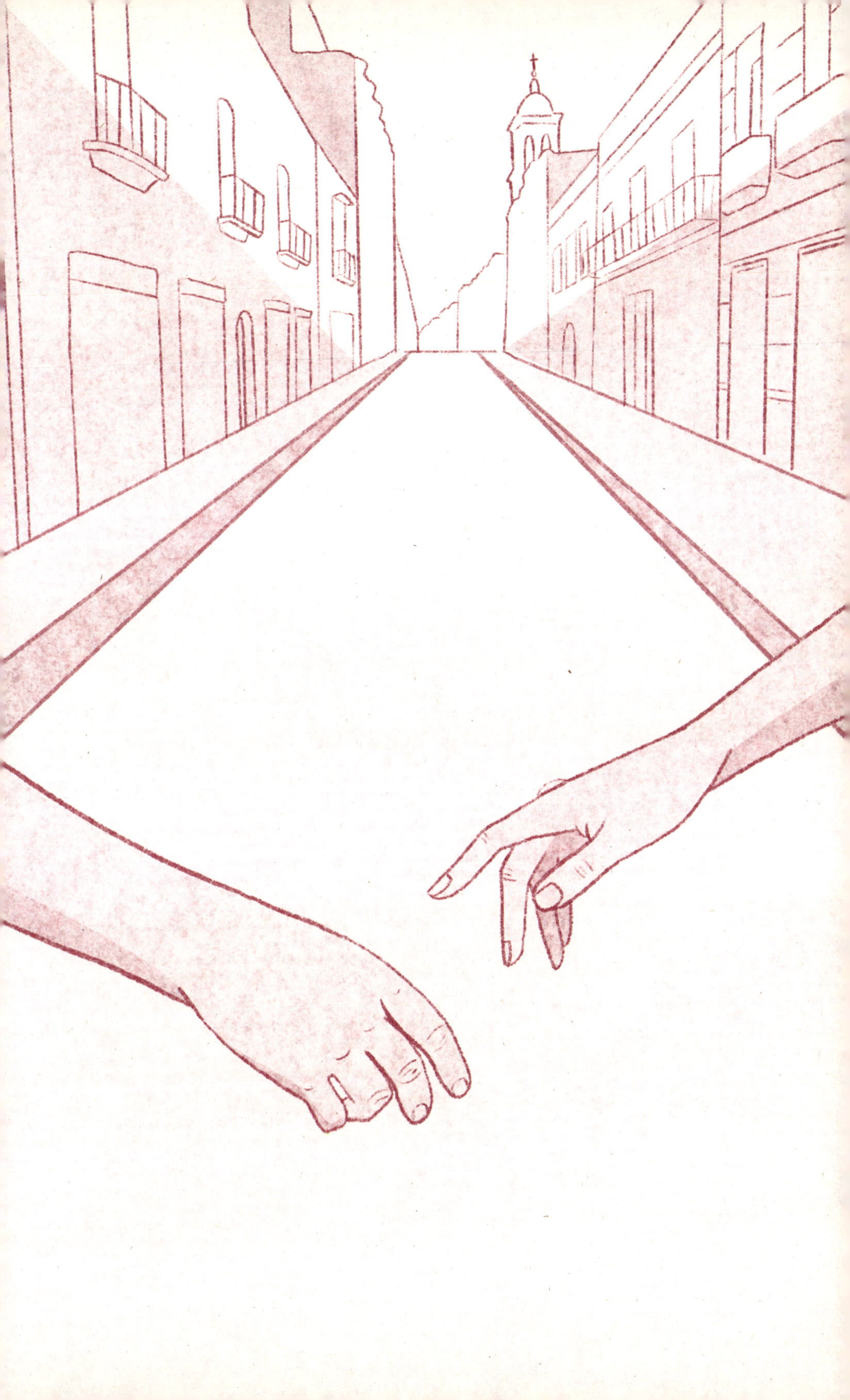

5

Era momento de descansar.

Creo que ni yo me di cuenta cuándo mi vida se convirtió en esas noches de fiestas, vodka y música.

El mundo giraba y yo con él, sin hacer preguntas, sin buscar respuestas, no tenía una lucha, una pasión, no veía el noticiero, ni leía el periódico. La vida transcurría y yo no cuestionaba. ¿Por qué?

Afuera la temperatura era de dieciocho grados centígrados, dentro de mi habitación dos grados menos, otra tarde libre. Esta vez decidí pasarla sola, aunque confesaré que no me gustaba; la soledad me hacía pensar en Tierra Blanca, en mi madre y en lo lejos que estaba Samanta.

A pesar de los meses que llevaba viviendo en la ciudad de Puebla y de estar rodeada de iglesias, no había visitado ni una de ellas. Entré a la iglesia que está en la esquina de la calle 5 de Mayo, era justo como Jocelyn me contó. Una obra arquitectónica magnífica, incluso para alguien como yo, poco creyente y devota. Los turistas entraban a admirar la llamada Casa de Oro, y en el altar, la Virgen del Rosario. Observé, suspiré y me marché. No tenía nada que pedirle a Dios, ni nada que reprocharle.

Seguí disfrutando la tranquila caminata por el centro histórico hasta detenerme frente a una señora que vendía chileatole en un puesto callejero, me atrajo el profundo aroma del epazote. La mujer que sonreía con amabilidad servía en vasos desechables el chileatole, una bebida espesa, cuyo principal ingrediente es el maíz cocido y elaborado como atole, con granos de elote, un toque de picante debido al chile serrano, epazote y brotes de flor calabaza. La señora recibía el apoyo de su hija, pequeña aún, quien cobraba y guardaba el dinero en una cajita de metal decorada con unos colibríes azules.

Mientras bebía el último sorbo del chileatole, atravesé Los Portales. Ya eran las siete de la noche, el repicar de las campanas de la catedral lo anunciaban.

En una de las mesas, afuera de una de las cafeterías, un par de ancianos jugaban ajedrez y muy cerca de ellos, debajo de una columna, en un banco de madera, un hombre que a pesar de sus canas y las pronunciadas arrugas en su cara se veía robusto y fuerte, con un cigarro en la boca y un sombrero de paja en la cabeza, justo terminaba de dibujar a lápiz a una niña que estaba frente a él.

—Permíteme dibujar esos ojos —me dijo al pasar.

—No, gracias —me sonrojé.

—Por favor —suplicó y me invitó a sentarme en el lugar que dejó libre la pequeña, y al ver su insistencia acepté. Precisamente cuando dio la última bocanada a su cigarrillo terminó de dibujar y yo saqué de mi bolso un billete que él rechazó.

—Es un regalo.

—¡Gracias! —guardé el billete y me disponía a retirarme cuando…

—Una vez conocí a una chica como tú…

—¿Cómo son las chicas como yo?

—Misteriosas. De esas que tienen mucho qué decir, pero no se atreven, que a veces no saben de dónde vienen ni a dónde van. Lo noto por tu andar, Romina, te he visto pasar muchas veces por aquí.

—¿Cómo sabe mi nombre?

Él sólo sonrió y me entregó un hermoso dibujo a lápiz que resaltaba una belleza en mí que por un instante sentí que no me pertenecía, esa chica del dibujo no era yo. Él pareció leer mi pensamiento.

—Sí, eres tú.

En efecto era yo la del dibujo, pero yo jamás, en toda mi vida, me había sentido así de bonita.

Llegué a casa y guardé el dibujo en el cajón del buró, junto al libro *Como agua para chocolate* de Laura Esquivel, que había terminado de leer unos días atrás y se había convertido en uno de mis libros favoritos. Puse la tetera en el fuego.

Me paré frente al espejo, mirándome detenidamente. De mi cuello pendía una cadena con un dije de oro, de letras en cursiva, que decía Romina. Sonreí, claro, por eso el dibujante supo mi nombre.

Después de beber una taza de té de menta me quedé dormida como hace tiempo no lo hacía.

A inicios de noviembre nació el hijo de Jocelyn, llegamos al hospital con regalos y flores, esperaba encontrar a la nueva mamá radiante. Contrario a eso, una Jocelyn cansada, apática y decepcionada. La invadía el sentimiento de culpa, las madres deben ser amorosas, pero ella no podía, el llanto del bebé la desesperaba y sólo quería que se lo llevaran lejos.

—Se llamará Aquiles, a mí no me ha gustado mucho pero ya saben cómo es de necio el papá.

—Es un hermoso nombre —comentó Carmina y pidió ser la primera en cargarlo en brazos.

Jocelyn perdió el control y sacó de un golpe lo que traía dentro. No podía fingir más. Se cubrió los ojos con la palma de las manos intentando contener las lágrimas.

—No sé qué me pasa, todo está mal, estoy tan cansada, me duelen los pies, tengo estrías en las caderas, el bebé no para de llorar y Ricardo no está.

—Llamaré a la enfermera para que lleve al niño a los cuneros —dijo Salomé y salió de la habitación deprisa.

—Tranquila, aquí estamos —le dije y acaricié su cabellera.

Naima se sentó a su lado y le tomó las manos.

—Nunca te había visto más hermosa que hoy y lo digo sinceramente. Disfruta al bebé, todo lo que Ricardo te ofrece, porque a partir de hoy no podrá negarte nada. Ésta es la vida que construiste y te mereces una hermosa familia, no dejes que nada quebrante tu felicidad.

Jocelyn se secó las lágrimas.

A finales de noviembre Jocelyn regresó al trabajo, se veía entusiasmada y jovial luciendo su perfecto uniforme de anfitriona.

Por azares del destino dejé de coincidir en turno con Diego. Pero cuando nos llegábamos a cruzar nos saludábamos casualmente, aunque jamás volvimos a vernos a escondidas. Ese día noté que su nombre ya no aparecía en la lista de horarios, así que le pregunté a Henry por él.

—Renunció el viernes pasado, pero no me ha llamado, tampoco sé nada de él.

Carmina se acercó.

—¿Vamos a ir al Luna Llena hoy?

—Me parece una excelente idea, necesito un trago —confesé, y el tema de Diego lo eché al olvido.

La ruleta en la que daba vueltas mi vida era para ahogarse de la monotonía: trabajar, bar Luna Llena, vodka en casa de las chicas, vino tinto chileno en casa acompañada de un libro, caminatas por

Los Portales al atardecer y los domingos de tianguis en el Callejón de los Sapos, el Barrio del Artista y El Parián. No estaba mal, pero a veces pensaba que la soledad era mi única verdadera compañera.

En una ocasión, platicando con Samanta por teléfono, me comentó que le parecía que frecuentaba mucho ese bar del Callejón de los Sapos.

—Si te refieres a que antes no bebía ni media copa, pues sí, quizás salgo a divertirme mucho más que antes, pero no te confundas no soy ni la mitad de lo que era mamá, si hacia allá va tu comentario.

No dijo nada más, la pared que puse en el asunto fue clara y fuerte.

Sé que mencionar a mi madre era duro y no tenía caso haberlo dicho. Lo lamenté dentro de mí.

Otras tardes para no sentirme sola iba donde Arcadio, el dibujante de Los Portales. Él me resultaba encantador y comenzábamos a hacernos amigos. "¿Cómo va todo hoy?", me preguntaba en cuanto me acercaba, aprendí que una respuesta simple, como "Bien", para él no bastaba, me decía con euforia:

"¡Fantástico! Siempre di 'fantástico' aunque por dentro te lleve la chingada".

—¡Vamos, Romina! Te invito un café.

Levantó sus cosas y nos metimos a la cafetería de enfrente. Él, que era uno de esos caballeros de antes, me abrió la puerta al entrar, usaba mocasines, pantalón gris, sujetados con un elegante tirante en forma de Y, una camisa blanca de manga larga y, por supuesto, a su atuendo no le podía faltar un sombrero de paja.

—¿Me contarás sobre esa chica que dices que es como yo?

—Hay algo en ti que me recuerda a María. Tal vez tus ojos, tu andar, esa manera en la que vas sola y cómo observas tu alrededor.

El barista me sirvió un espumoso capuchino espolvoreado con canela y a Arcadio un expreso, que tomó de un solo trago. Luego pidió otro igual.

—¿La amaste? —me atreví a preguntar.

—¡Como se ama el primer amor, con todo el corazón!

Y encendió su habano, perdiéndose en sus recuerdos.

Arcadio me contó que se crió en una hacienda en Yucatán, que perteneció a su familia por casi cien años.

Eran terrenos de más de cien hectáreas, dedicadas al cultivo del henequén. La casa principal contaba con nueve habitaciones, tenía una arquitectura colonial y fértiles jardines que se distinguían por sus frondosos árboles de bugambilias y un pequeño estanque.

La casa de máquinas estaba a un kilómetro de la principal, muy cerca de la plantación y a un lado de ésta, dos amplias bodegas.

Los fines de semana, en la hacienda se reunían intelectuales y políticos importantes de la época. Arcadio creció solitario y tímido en un mundo de adultos que no comprendía y así fue cómo se refugió en sus dibujos.

Los veranos los pasaba en Progreso de Castro, en casa de la abuela Catalina. Ella le inspiraba una paz y una gracia sin igual; él adoraba escuchar las historias que ella le contaba de la Revolución, la cual vivió muy de cerca.

"Mi padre, al igual que tu abuelo, siempre estuvo activo en la política, sin ser partidario de nadie, pero estando al margen de lo que le convenía", le contó su abuela.

En opinión de la abuela Catalina, no hubo una sola revolución. Cada hombre luchaba por sus propios intereses, principios y creencias. Y los que empezaron siendo amigos revolucionarios terminaron siendo enemigos a muerte.

Por eso Arcadio, al igual que la abuela Catalina, tenía un desinterés por los eventos políticos y sociales.

Fue durante la inauguración del muelle fiscal, en Progreso, que vio por primera vez a María.

Aquel día se reunieron personajes célebres. Arcadio, que tenía trece años, se encontraba totalmente aburrido. A lo lejos observó que por la playa caminaba una chica descalza, con un vestido azul, que al igual que su cabellera azabache, era agitado por el viento. **La chica le hizo sentir un revoloteo en el estómago que jamás había sentido. Era la mujer más hermosa que había visto en su vida.**

Fue al día siguiente, que andaba en bicicleta por el malecón, que volvió a toparse con María, quien otra vez caminaba descalza por la playa. Ahora llevaba un vestido rojo. Ella lo miró con esos enormes ojos negros misteriosos, e irremediablemente Arcadio tropezó y cayó sobre la banqueta, dándose un buen golpe. María se acercó de inmediato a ayudarlo.

Ella tenía quince años. Sus labios le parecieron frondosas fresas dulces, sintió perderse en sus ojos de obsidiana, inevitablemente la débil sonrisa de María le cautivó.

Aquel año, la abuela Catalina enfermó. La madre de Arcadio y él se mudaron a Progreso.

Las tardes solía pasarlas con María en la playa y otras veces se escapaban al faro, al cual entraban a hurtadillas. Subían los 125 escalones de metal en forma de caracol y se detenían a mirar por las ventanas.

Una noche, ahí, a treinta y seis metros del suelo, mientras destellaba la luz cada seis segundos, María lo sorprendió con un dulce beso. Luego salió corriendo llevándose la bici de él, mientras Arcadio no salía de la sorpresa.

—¿Qué fue de la vida de María? —pregunté.

Después de un suspiro, me respondió con la tristeza aún a flor de piel.

—La misma madrugada en que la abuela Catalina falleció, la pequeña casa de María se incendió, mientras su madre y ella dormían adentro.

Bebió su tercer expreso.

—Perdí a mis dos grandes amores y no pude despedirme…

Tomé sus manos entre las mías y nos quedamos en silencio.

6

El primer día de diciembre se organizó un evento en el casino y me asignaron el horario nocturno: me quedé a cargo de la sala Premier, con Renata, otra de las anfitrionas y una de las chicas más bellas del casino. El lugar estaba abarrotado de socios, corríamos de un lugar a otro.

Después de media noche llegó un hombre alto, calvo, de buen porte y ojos azules, venía escoltado con un par de guardaespaldas. Renata me comentó que era un político muy influyente, al cual ella conocía muy bien.

Al cabo de unos instantes él le hizo una señal a Renata.

—Cúbreme, este socio me roba mucho tiempo, vuelvo en un momento.

Pasó junto a él el resto de la noche, procurando que los meseros lo atendieran bien y encargándose personalmente de sus fichas y crédito disponible para jugar. El hombre perdió aquella noche una cantidad de dinero impresionante.

—Necesito un favor —volvió a acercarse a mí Renata, con un comentario que me tomó por sorpresa—, voy a escabullirme con Blanchet al cuarto de servicio —juntó las manos como si suplicase—, a este tipo siempre se le ocurren ideas locas y te confieso que no puedo resistirme a sus propuestas. Cúbreme, si me descubren me corren.

—Entonces no lo hagas.

—Romina, por favor…

—Está bien. ¡Estás tan loca como él, Renata!

Y sonrió como lo hacen los niños cuando se salen con la suya.

Mientras Renata practicaba relaciones sexuales entre el aroma de los trapeadores, escobas y utensilios de la limpieza, un tipo de la sala me llamó.

Era alto, robusto, llevaba puesta una gabardina oscura y el cabello muy corto.

Alzó la mano, tenía un buen rato ahí sentado jugando sin solicitar nada, me acerqué.

—Cien fichas —me pidió con un mal español.

—Por supuesto —sonrisa, fichas, presentación—. Soy Romina y estaré a cargo, suerte.

Una mujer morena de largas piernas y diminuta falda se acercó a él.

—Suerte —y le dio un beso.

—Suerte —repetí, y antes de que diera media vuelta, él me miró por primera vez.

—Gracias, Romina, soy Hahn, si necesito más fichas te busco.

Hahn no volvió a llamarme hasta las tres de la mañana, que comenzaban a irse la mayoría de los socios.

—Cien fichas más, Romina.

Al pagarme, me entregó una tarjeta de presentación, atrás decía: Llámame.

Me sonrojé y la guardé en mi mandil.

—Espero tu llamada —agregó y dejó una generosa propina antes de irse.

Al llegar a casa busqué la tarjeta en mi mandil y no la encontré. Por un momento me pasó por la cabeza el llamarle, pero supuse que si la extravié era por cosas del destino.

Transcurrieron algunos días sin ver a Naima. Pero me sorprendió, cuando al topármela de nuevo, me dijo:

—No dudes en llamarle —y me entregó la tarjeta—. Se te cayó al bajar del Volkswagen.

—¿Conoces a Hahn?

—El alemán es uno de los socios más importantes del casino y nunca había visto que invitara a alguien a salir.

Ya en casa apagué las luces y prendí una vela de aroma a ciruela, giraba la tarjeta una y otra vez: Hahn Kummer. Acariciaba con mis dedos el relieve de las letras de su nombre, por supuesto que el alemán se me hacía interesante y atractivo, muchos años mayor que yo, **pero jamás salí en el pasado con alguien como él, y a la edad que yo tenía en ese entonces, resultaba fácil quedar deslumbrada.**

El teléfono timbró una vez.

—¡Hola! —saludé.

Y el mensaje de buzón de voz con su mal español...

—No estoy disponible por el momento, deje su mensaje y me comunicaré.

—Soy Romina —no supe qué más decir y colgué. Quemé una esquina de la tarjeta y dejé que se consumieran las cenizas en el cenicero.

Timbró mi teléfono.

—¿Romina? —me preguntó. Era Hahn—. ¿Cómo estás?

—Excelente, ¿y tú?

—Esperando que llamaras, ando un poco atareado, ¿te puedo llamar en una hora?

—Por supuesto.

Hasta las once de la noche Hahn volvió a comunicarse.

Se disculpó por no haber podido atenderme.

—Lo siento, he tenido mucho trabajo, pero me encantó que me llamaras.

—Lo dudé un poco —confesé.

—Me alegra que te hayas decidido, ¿te apetece reunirnos para una copa de vino?

—Únicamente si es chileno.

—Si pruebas uno alemán no te vas a arrepentir —afirmó—. ¿Te parece si salimos el viernes?, ¿paso por ti a las nueve de la noche?

¿Cómo decirle que no? Si el sólo escuchar su voz me movía el piso. Le di mi dirección y corrí al armario para elegir algo para la ocasión.

En Tierra Blanca salí un año con un compañero del supermercado, hasta que él se enroló con otra chica, recalcándome que yo era aburrida y con una historia complicada. No sé si por tener el corazón roto, o por la ansiedad de sentirme querida, acepté salir de inmediato con Pablo, el gerente de abarrotes. Pablo siempre fue amable conmigo, y aunque sus chistes eran malos intentaba hacerme reír todos los días, así que eso bastó para decirle que sí, cuando me invitó a salir.

La primera cita con él fue al cine, apenas y pude ver la película, él no me quitaba las manos de encima y me besaba el cuello de una manera que me provocaba más asco que excitación. Y a pesar de tan desagradable encuentro acepté una segunda cita, esta vez pasó por mí a mi casa, era mi día de descanso, y él se aseguró que coincidiera con el suyo.

—¿Le dijiste a tu mamá que salías conmigo? —me preguntó en cuanto me subí a su coche.

—No, mamá y yo casi no hablamos. Además, ni está en casa.

—Uh, qué mal —balbuceó y condujo en silencio hasta un parque solitario.

Cuando llegamos al parque, Pablo puso su mano en mi pierna y la deslizó por debajo de mi vestido.

—Me encantas, Romina.

No dije nada. Él se acercó a besar mis labios, mi cuerpo temblaba, suspiré.

—Deberíamos ir a un hotel —susurró.

—Está bien, vamos.

Con mi anterior novio me había negado a hacer el amor y de pronto sentí que ya no quería seguir siendo esa Romina, que quería amar, que quería sentir, y no me importó que Pablo fuera impertinente, insensible, no me importaba que fuese él o cualquier otro. Sólo sabía una cosa, ese día perdería mi virginidad, ya no quería esperar más.

Llegamos a un hotel a las afueras de la ciudad, era bonito el lugar, limpio, con sábanas nuevas, olía a madera y vainilla, no había nada extravagante ni vulgar, me pareció que estaba bien. A Pablo no le mencioné que no había estado con nadie más, no quería que sintiera que era un premio, o que me hiciera preguntas.

Sólo quería estar con alguien y olvidar que estaba sola en la vida.

Me quité el vestido y me metí en la cama, me cubrí con las sábanas, él hablaba, reía, bromeaba, yo no entendía nada, encendí el televisor como esperando, se sentó a mi lado y acarició mi cabello, me besó lentamente, se levantó de nuevo, se quitó la ropa, quedó desnudo frente a mí.

—¿Estás bien? —preguntó.

De mi boca no pudo salir ni una palabra, sólo asentí, mis ojos se llenaron de lágrimas y mi corazón latía tan rápido que sentí que se iba a salir, para calmarme cerré mis manos con fuerza. Pablo se deslizó dentro de las sábanas, no hubo preámbulo de caricias, inmediatamente me quitó la ropa y estaba sobre mí, decía tantas cosas y yo sólo miraba el techo.

Después de aquel encuentro no volvimos a salir, ni él me propuso volver a vernos ni yo di muestra de interés; cuando nos cruzábamos en el trabajo sonreíamos casi por cordialidad. Un año después me fui de Tierra Blanca y no supe más de él.

El día de mi cita con Hahn llegó. A recomendación de Salomé dormí una siesta breve antes de arreglarme para la cita. Cuando la alarma sonó, la habitación estaba totalmente a oscuras, encendí la luz, entré a la ducha tibia-fría, me envolví en una toalla y sequé mi cabellera, que para entonces llegaba casi hasta la cintura. Peiné un flequillo al frente y recogí en una coleta alta el cabello. Mi vestido era color violeta oscuro, muy entallado, zapatillas negras, algo de rubor, brillo labial, rímel y delineador negro. Me coloqué unos aretes muy pequeños y un abrigo negro. Debajo llevaba lencería de encaje, y antes de salir de la habitación me puse gotitas de perfume en las muñecas y el cuello.

Cuando bajaba las escaleras me topé con Nora, que salía de una de las habitaciones de abajo. Aquella habitación siempre tenía puesto un candado, nadie vivía ahí. Por lo que se alcanzaba a ver, desde una de las ventanas, era una especie de bodega donde Nora guardaba muebles, libros, revistas, baúles y posters de Georgina León. En la mano llevaba un álbum de fotografías que se veía algo viejo y unas cartas en unos sobres amarillentos.

—¡Qué bonita te ves, Romina!

Le agradecí y antes de salir, le dije algo que quería comentarle desde que llegué a vivir ahí.

—Deberíamos encender la fuente, es tan hermosa y es una pena que esté seca —ella sólo respondió con melancolía.

—Le ruego a Dios porque llegue ese día.

Afuera de la casa, de pie, recargado sobre su automóvil gris y jugando con las llaves, me esperaba Hahn Kummer, con su gran sonrisa en el rostro y sus brillantes ojos negros. Me besó en la mejilla raspándome con su barba.

—¡Guapísima! —exclamó.

—Gracias. ¿A dónde vamos?

—¿A dónde sugieres? —devolvió la pregunta.

—No soy de la ciudad, por hoy te dejaré elegir.

—¿Comida japonesa? —sugirió.

—Excelente idea.

Mientras conducía camino al restaurante quiso saber de mí.

—¿Y dónde naciste?

—Tierra Blanca, Veracruz. ¿Conoces?

—De Veracruz únicamente conozco el puerto, de saber antes lo hermosas que son las mujeres en Tierra Blanca ya hubiese ido.

Sonreímos al mismo tiempo. Puso su mano en mi rodilla.

—¿Cuántos años tienes, Romina?

—Veinte años. ¿Y tú?

—Veinte más que tú —dijo y guiñó el ojo.

Después seguimos hablando de trivialidades hasta llegar al restaurante. Nos recibió el valet parking. Bajamos del coche y entramos al lugar. En el recibidor había exóticas plantas.

Adentro las mesas con manteles blancos, largos y cubremanteles color marrón, las sillas de madera color chocolate, sobre la mesa los cubiertos, platos y copas de vino perfectamente pulidas, los meseros impecables con sus camisas de manga larga, mandiles blancos, chalecos y sus corbatas negras. La música oriental de fondo era muy suave y las anfitrionas vestían kimonos de diferentes colores.

—¿Mesa para dos? —nos dijo la más joven de todas.

—Dos. Preferimos una mesa en el patio —indicó Hahn.

La señorita nos pidió seguirla, atravesamos el salón principal que estaba casi lleno y nos llevó a la única mesa disponible en el jardín. Cruzamos el camino de piedras con antorchas artificiales a los bordes; nos sentamos a un lado del estanque, con la luna en su esplendor, ésas que sólo son de octubre.

El mesero se presentó y nos dejó dos copas de sake, que tomamos de un solo golpe. Inmediatamente las mejillas se me pusieron sonrojadas. Cenamos como entrada unas crujientes brochetas de queso con salsa anguila, enseguida nos sirvieron dos rollos de sushi con salmón y queso crema, y un vino alemán que pidió Hahn.

Al terminar, el mesero sugirió un digestivo, yo pedí un Baileys en las rocas y Hahn un chinchón seco derecho.

A ninguno de los dos nos quedó espacio para el tempura helado, que la anfitriona nos recomendó.

—Desde que te vi me gustaste muchísimo.

—¿Gustan otra copa? —interrumpió el mesero.

—Dos iguales —ordenó Hahn.

El mesero se dirigió al bar por nuestras bebidas y entre el último trago de Baileys y el pequeño trozo de hielo con el que jugaba en mi boca, Hahn se acercó y me dio un beso apasionado, como jamás nunca nadie me había besado. Durante la cena tuvimos una distancia propia de amigos, pero en ese momento ya no teníamos más anécdotas que contar, ya no había cabida para las palabras. Las caricias se deslizaron por debajo de la mesa, el mesero quiso ser discreto, dejó las nuevas bebidas y se retiró.

—Gracias —fui cortés, le di mi copa vacía, tomé la nueva y le di un trago breve.

Hahn me miró con esa complicidad con la que se miran los nuevos amantes, yo me sentía extasiada.

El mesero volvió a acercarse:

—¿Sirvo otra bebida?

—No, gracias —le respondí.

—Para mí otro anís y la cuenta —dijo Hahn.

Al salir del restaurante Hahn me preguntó:

—¿Quieres ir a otro lugar? ¿Tal vez más íntimo? ¿Más cómodo?

Le di otro beso, susurré:

—Sí quiero.

Sí quería, claro que quería ir con Hahn.

El motel estaba a unos minutos de distancia del restaurante.

La habitación tenía una cama tres veces más grande que la mía, un largo tocador y, en el techo, un espejo. El baño era del tamaño de mi diminuta habitación, tenía un jacuzzi que Hahn se dispuso a llenar.

Él se quitó el saco, la camisa y los zapatos acomodando todo cuidadosamente en una silla, mientras yo aventé mis zapatillas a un lado de la cama, el bolso sobre el tocador, y me solté el cabello.

Hahn se acercó y me tomó de la cintura, me abrazó tan fuerte que podía sentir su pelvis ya excitada.

Comenzó a besarme con pasión, como lo hacen los amantes tras días de no verse. Me lamía el cuello cuando empezó a bajar la cremallera de mi vestido, el cual cayó al suelo. Alcanzó a percibir el escalofrío que su mano provocó al roce con mi esbelta espalda. Se dio cuenta de inmediato al sentir como se erizaba mi piel y los pezones de mi pecho.

Desabrochó mi sostén mientras se agachaba un poco en busca de mis senos. Empezó a apretarlos entre sus labios. Yo sentía morir con el éxtasis que me causaban sus manos al apretármelos con esa firmeza, y a la vez succionarlos y lamerlos como si fueran su deseo más codiciado.

Entre besos y gemidos de placer, le ayudaba a desabrochar el cinto de su pantalón. Cuando él estaba ya desnudo, me cargó entre sus fuertes brazos y me sentó en el tocador para besar cada rincón de mi cuerpo.

Era la primera vez que me habían amado de esa manera. Un calor intenso me invadía.

Me llevó a la cama y seguimos bañándonos de caricias. No podía evitar mirar nuestro reflejo en los espejos que había por la habitación.

Acurrucados, cubiertos por las sábanas rojas, señaló el techo:

—¿Te gusta mirar?

Lo abracé más fuerte, sin responder su pregunta, mi cuerpo era escuálido al lado suyo. Junto a él me sentí la mujer más bonita del mundo.

Más tarde nos dimos un baño de burbujas en el jacuzzi. Él disfrutaba tanto tocarme, nos mirábamos frente a frente, una de mis piernas estaba encima de su hombro derecho. Me daba un masaje en las pantorrillas cuando preguntó por curiosidad y con interés:

—¿Cuál es tu plan, Romina?

—Estoy buscando mi lugar en este mundo, sanando heridas, intento encontrarme a mí misma.

—Eres joven, puedes viajar, aprender, emprender, fracasar, pero nunca dejar de intentar. Ten claras las cosas que quieres, no pierdas mucho tiempo haciéndote preguntas y tratando de resolver problemas existenciales, **Romina, no dejes que se te vaya la vida sin saber qué quieres de ella.**

Su mal español era comprensible y dulce para mí. Entre beso y beso, y tras muchas caricias y breves charlas, nuestro encuentro terminó cuando comenzaba la mañana.

7

Durante el receso de comida no pude quitarme de encima a las chicas y a Henry, que querían todos los detalles.

—Todo, cuéntanos todo.

—Fue una linda noche —le di una mordida al emparedado del plato.

—¡Necesito más que eso! —me reclamó Naima

—Fuimos a un restaurante japonés, bebimos sake, vino, Baileys, la pasamos muy bien.

—¿Y hubo sexo? —interrogó Jocelyn.

—Mucho —fruncí la nariz y fue lo único que dije al respecto.

—Por favor, vamos hoy al Luna Llena —suplicó Carmina.

Y ahí estábamos al salir del trabajo en el Callejón de los Sapos. Jocelyn casi no se unía, pero esa noche su madre cuidaría a Aquiles, y Ricardo, como últimamente lo hacía, trabajaría hasta tarde.

El mesero nos sirvió vodka a todos, la banda tocaba en el escenario un cover de Los Fabulosos Cadillacs.

—¿Cuándo volverás a ver a Hahn? —Naima fue la primera en sacar el tema.

—No quedamos en nada.

No tenía prisa por definir mi encuentro con Hahn Kummer, no andaba en busca de un amante o de un protector, yo sólo quería sentir, amar, experimentar.

Naima veía las cosas desde otro punto de vista, seguridad, estabilidad, confianza. Con Massimiliano Altobelli llevaba una relación de dos años que era un secreto a voces en el casino. Él me resultaba un italiano apuesto, inteligente, a pesar de que nunca había intercambiado palabras con él, casi no salía de su oficina, pero lo veía en esas revistas de sociales con su respetable familia, cualquiera diría una bonita y feliz familia.

Nos acabamos la botella de vodka, ya casi cerraban el bar, el mesero llegó con unos tragos más.

—Cortesía de la casa, se los manda Tony.

—¿Quién es Tony? —preguntó Henry.

—El dueño del bar, el vocalista de la banda, se ha fijado que vienen muy seguido —respondió mientras recogía los vasos vacíos sobre la mesa.

Otra de esas noches heladas en Puebla. Bebía un café capuchino en Los Portales y leía la novela *La casa de los espíritus*, de Isabel Allende, que Carmina me había obsequiado.

Estaba tan embebida en la novela, que no me percaté de Arcadio al acercarse, hasta que lo vi sentado en mi mesa.

–¿Otra vez leyendo novelas de amor, Romina?
–Creo que en los libros es el único lugar donde lo encuentro.

—Romina, el amor está en todos lados, dentro de ti, en el aire que sopla, en el canto de los pájaros, en la música, en los niños, flotando en todas partes.

—Lo dices porque eres bohemio y quieres creer que es cierto… pero si el amor estuviera ahí, al alcance de todos, después de María lo hubieses vuelto a encontrar.

Me miró, cómo diciendo, en sus pensamientos, que lo que yo acababa de decir era cierto.

—¡Vaya, eso sí fue un golpe bajo! Dio una palmadita a la mesa y llamó al barista.

—Un expreso —pidió.

—¿Y tú? ¿Te has enamorado, Romina?

—Creo que no... O tal vez sí...

Cuando iba en la secundaria fui una de esas chicas que pasaban desapercibidas, era extremadamente delgada y largucha. El primer año escolar pasó sin novedades, buenas notas, un par de nuevas amigas. Descubrí mi falta de talento para los deportes, así que tomé como clase extraordinaria la de dibujo, en lo cual tampoco fui destacada. Mi salón estaba en el edificio de los chicos de tercer año y era donde se presentaban los exámenes extraordinarios.

Al final del periodo veía llegar a esos chicos, que reprobaban materias, no entregaban tareas y se escapaban de las clases.

Dibujaba una casa a la orilla del mar, totalmente recargada en el restirador. Esa primavera hacía mucho calor, aunque, en Tierra Blanca, era así todo el año. El silencio era total, un aburrimiento abrumador, el único ruido que se escuchaba era el de los abanicos que colgaban del techo girando e intentando refrescar.

Tocaron la puerta.

—Adelante —dijo el profesor—, tomen asiento —le indicó al grupo de adolescentes que acababa de entrar.

Ése fue el día que conocí a Cristóbal Said. Él y una chica se sentaron detrás de mí. El profesor que todos apodaban Motorcito por su forma de caminar, se acercó moviendo la cabeza temblorosamente, les dio sus respectivos exámenes y regresó a su escritorio. Se quedó luego mirando hacia la ventana, como si añorara algo.

—Disculpa —Cristóbal puso su mano en mi hombro.

—Sí —respondí, girando para verlo de frente. Sus ojos al igual que su cabello, eran profundamente negros, me pareció bastante guapo.

Sonrió.

—¿Me prestas un lápiz?

Le entregué el que tenía en la mano sin decir nada más. Me devolví a mi posición, quedándome quieta como estatua de marfil y sintiendo un cosquilleo en el estómago.

—Quizá eso ha sido lo más cerca que he estado del amor —le dije a Arcadio al finalizar mi historia.

8

A Hahn lo vi antes de Navidad, las fiestas decembrinas las pasaría en Alemania con su esposa y sus hijos gemelos. Me regaló una pulsera de oro con perlas blancas y el libro *El valle de las muñecas*, de Jacqueline Susann. Prometió que nos veríamos en enero.

Esa tarde me llevó a un restaurante argentino, cerca del casino; no le preocupaba pasearse por la ciudad conmigo, a pesar de que casi siempre encontraba a algún conocido.

Por esas fechas Jocelyn renunció, Ricardo que se estaba haciendo de éxito en la constructora, le exigió más tiempo para Aquiles.

Le organizamos una tranquila despedida en el Luna Llena, teníamos claro que su salida del casino no terminaría con la amistad, sin embargo, me confesó que sentía que le estaban arrancando su espacio, una parte importante de su vida, su independencia. **Tenía miedo de la vida que estaba construyendo.** Se suponía que ésa sería su felicidad, aún tenía veintiséis años, pero ya no se sentía deseada. Me dijo que cada vez eran menos frecuentes las veces que ella y Ricardo hacían el amor, ya ni siquiera se besaban al despedirse en las mañanas, todo era hablar de cuentas, de Aquiles, del futuro, planear, crear un patrimonio, pero de ellos dos ya nada quedaba.

Casi todos los días Ricardo llegaba pasando la media noche. Aquel viernes Jocelyn lo esperó sentada en la sala.

—¿Qué haces despierta?

—Esperándote.

—No seas patética —Ricardo se deshizo el nudo de la corbata—, no quiero escuchar hoy tus reclamos.

—¿Reclamarte? ¿Tiene algún caso reclamarte? Ya me cansé de eso yo también —a punto de romper en llanto y con la voz entrecortada—, te vas tan temprano y llegas tan tarde que ya no hablamos, lo único que quiero saber es ¿qué quieres que organice para la cena de Navidad? Mencionaste a tus padres, de otro asunto no tengo nada que hablar.

Ricardo era arquitecto, la constructora en la que trabajaba estaba en su mejor momento, ganaba buen dinero y no lamentaba no poder dedicarle tiempo a su esposa e hijo.

—Sería apropiado hacer la cena en el jardín, el diseño ha quedado precioso, confírmales a mis padres, por supuesto invita a los tuyos.

—Y nos lucimos como la familia feliz —dijo sarcásticamente Jocelyn. Subió las escaleras y entró a la habitación de Aquiles, no quería compartir la cama con Ricardo. Se acurrucó en el sofá cubriéndose con una manta del bebé que le dejaba los pies descubiertos; **era imposible dormir en esa posición y con todos esos pensamientos en su mente.**

Los buenos recuerdos de su relación con Ricardo quedaban tan lejos del presente. Ellos se conocieron en la universidad. No podía culpar a Ricardo de todo, fueron también sus indecisiones. Se inscribió a los dieciocho años de edad en la carrera de Publicidad y la dejó el primer semestre, tomó Administración, volvió a dejarla, entonces dijo que lo pensaría mejor, que buscaría un empleo temporal. Entró a trabajar al casino a los veinte años, en tanto que Ricardo estaba dedicado a su carrera. Ella apoyándolo económica y moralmente pues su sueño era ser la esposa del arquitecto, con un hijo hermoso y una casa con un jardín envidiable.

A Ricardo también esa situación lo estaba quebrantando, Jocelyn sabía que todo lo que estaban viviendo era tan duro para él como lo era para ella, pero no encontraba cómo reparar lo que estaba roto. Él se despojó de la ropa, aventó todo al suelo con rabia e impotencia, desde la otra habitación Jocelyn podía escucharlo, y con la almohada ahogó el llanto. Ricardo se metió a la ducha, le dolía la cabeza, quería una esposa amorosa. Se decía a sí mismo que no era desatento con la familia, no iba a pedir perdón por trabajar duro, no era infiel, no era alcohólico, nada les faltaba, prosperaban notablemente, y si Jocelyn no lo entendía no iba a rogarle que lo comprendiera.

A la mañana siguiente Aquiles se despertó llorando. Cuando Jocelyn salió de la habitación con el bebé en los brazos, Ricardo ya no estaba en casa.

Jocelyn llegó al supermercado, el estacionamiento repleto, le dolía el cuello por la mala noche que había pasado. Dejó a Aquiles con su madre, ese momento sola la hacía recuperar el entusiasmo, no dejaba de pensar en cómo Ricardo se convertía de a poco en un extraño. ¿Por qué no podía ser la esposa y madre que ellos merecían? Pensó que tal vez eran sus frustraciones, el sentirse incompleta, todo se trataba de ella, eso lo reconocía.

Agarró el carrito de compras y entró al lugar, recorrió con lentitud la tienda. A las dos horas terminó su lista de compras. Se detuvo en el departamento de vinos y licores, una botella de Buchanan´s para su padre y su suegro, un par de botellas de shiraz mexicano para la cena, y un anís dulce por si alguien apetecía un digestivo.

—Pinta que será una cena deliciosa —le comentó una voz detrás de sus hombros.

Giró y frente a ella Tony, con sus vaqueros desgastados y su chamarra de cuero.

—Espero que todo quede bien, con lo neurótico que anda mi esposo.

—Tú relájate —aconsejó y le dio un beso en la mejilla. ¿Cómo has estado?

—Bien —respondió, metió las botellas al carrito y le hizo seña de que iba a las cajas. Tony la siguió.

Él tenía en las manos una botella de vino blanco.

—Creo que hay mucha gente, volveré luego —dejó la botella en un anaquel—. Me dio mucho gusto saludarte, Jocelyn, se te extraña en el bar.

—¡Gracias! Espero volver pronto al Luna Llena. Y a todo esto, ¿quién te dijo mi nombre?

—Los meseros me han dicho que van mucho al lugar.

—Sí, se convirtió en el lugar favorito de mis amigas, por cierto, gracias por las cortesías que nos has enviado en las últimas visitas.

Tony sacó un bolígrafo de su chamarra.

—Yo siempre he querido acercarme a saludarte, pero están todos y, no sé, creo que me da pena importunar. Te dejo mi número y un día de estos podemos reunirnos —le tomó la mano derecha y en la palma le escribió el número de teléfono.

—Claro.

Él le dio un beso en la mejilla de despedida.

—Me tengo que ir, tengo ensayo con la banda, me ha encantado encontrarte hoy —le dio otro beso.

Los veinte minutos que siguieron en la fila, Jocelyn los pasó mirando el número en su mano. No lo dudó ni un instante, le llamaría esa misma tarde.

9

Otra de esas frías noches en Puebla, mientras bebía un café con leche en Los Portales y leía *Arráncame la vida* de Ángeles Mastretta, me percaté de reojo, que una pareja estaba peleando acaloradamente. Fue ineludible observarlos, los gritos eran muy fuertes, entonces vi que eran Gerardo y Salomé. Ella le dio una bofetada y él la empujó, se dio la media vuelta y se marchó dejándola en un llanto imparable. Salomé se derrumbó en la banqueta, alguien se acercó, ella le pidió que se alejara.

Pagué la cuenta y corrí a donde ella. Me senté a su lado.

—Salomé —susurré, la abracé muy fuerte, no dejaba de llorar. Entonces empezó a llover.

Llevé a Salomé a mi habitación. Se sentó en la cama, puse una olla con agua en el fuego, para preparar un té.

—Me duele aquí —se tocó el pecho—, como si algo me aplastara.

Salomé y Gerardo se conocieron en el casino, al poco tiempo que él entró comenzaron a salir. Ella era una chica de diecinueve años, inexperta en el amor, Gerardo lo supo desde el principio.

Tres meses después de iniciar el romance, él le regaló un anillo de compromiso. Esa misma noche, rumbo a Cholula, en un motel de paso con aroma a incienso barato y sábanas percudidas, fue la primera noche que Salomé no llegó a dormir a casa.

La joven de Atlixco, que se fue a la capital del estado para huir de su padre tirano, se vio obligada a enfrentarse sola a la vida. Le apostó a encontrar a un buen hombre, con el sueño de formar una familia.

Quería descubrir, al igual que yo, cosas que no conocía. Si bien por momentos encontró jaulas extrañas, en esas noches de juerga, vodka y tequila, se descubrió libre y feliz, al fin halló una familia.

Con Gerardo creía que había encontrado la esperanza del amor, pero ahora su mundo se derrumbaba.

Su prometido le acababa de confesar que ya no podía seguir con la farsa, ahí a media calle le dijo que estaba casado y a punto de tener a su segundo hijo, que la boda prometida nunca iba a llegar. Gerardo tenía un año más que yo trabajando en el casino, casi no hablaba y se reunía pocas veces con nosotras, pues decía que tenía mucho trabajo. Otras ocasiones convencía a Salomé de pasar las tardes encerrados en la habitación. Nadie podía imaginar que detrás de la sonrisa tímida de Gerardo, se escondía un mentiroso incapaz de amar.

—¿Qué vas a hacer? —tal vez no era el momento para hacer esa pregunta. Contrario a lo que pensé, ella me dio una respuesta.

—Renunciar, olvidarlo y jamás volver a ser la tonta que fui.

El despertador sonó a las seis de la mañana. En mi buró encontré una nota: "¡Gracias!"

Salomé se había marchado.

10

Creí que las navidades más tristes de mi vida las había pasado en Tierra Blanca, pero me faltaban muchas más.

A veces, a pesar de estar acompañada, la soledad se siente en el alma.

Salomé se veía hermosa con ese vestido verde olivo. No quiso mencionar de nuevo a Gerardo y nos pidió que tampoco lo hiciéramos. Renunció al trabajo y aunque por dentro estaba destrozada, en su cara trataba de tener una sonrisa.

Naima recibió la llamada de Massimiliano y se fue de la casa por unas horas. Al regresar ella, servimos la cena, abrimos el vino, un brindis por lo venidero, una copa por la felicidad, otro brindis por la salud, por las amigas, por la paz mundial; y así se iban descorchando las botellas, entre risas escandalosas y lágrimas que nadie se atrevía a derramar.

El teléfono sonó, era Jocelyn deseándonos feliz Navidad y contando lo aburrida que estaba siendo su noche.

Henry pasó a visitarnos un rato, Francisco traía mal genio como ya era costumbre, se bebieron dos copas y se retiraron.

Amanecí en el sofá, las chicas dormían en sus habitaciones. Llamé un taxi, lo esperé afuera de la casa, sentada en la banqueta, mientras me fumaba un cigarrillo. Navidad me hacía sentir triste, sobre todo ésta que era la primera lejos de Tierra Blanca;

no extrañaba a mamá, en estas fechas ella se iba con su comadre Lala, a veces volvían hasta tres días después, justo como se habían ido: totalmente alcoholizadas.

Me fumé tres cigarros, entonces llegó el taxi.

Año Viejo, 1991

Estaba en la casa de la colonia La Paz, con la gente de siempre, el vodka de siempre, la música de siempre; y como siempre, todos fingiendo que éramos felices.

Una vez alguien me dijo que no había mayor belleza que la juventud, y es que cuando eres joven es tan fácil pensar que se tiene toda una vida por delante. Y ahí estábamos una vez más sin rumbo, sólo gozando el momento.

En aquella época pensaba que aún tenía toda la vida para hacer y deshacer. Sin darme cuenta de que tal vez la vida se me iba como agua entre las manos.

Dieron las doce campanadas. Se dice que tienes que comer cada uva al compás de las campanadas para tener un año próspero. Nunca lo logré, siempre llevando la contraria, terminaba antes o después. Y así perdí una vez más mis deseos de año nuevo.

Año Nuevo, 1992

A media tarde fui al aeropuerto, el vuelo de Samanta fue anunciado como retrasado. Esperé sentada en la barra de un bar de ambiente cálido. A pesar de estar vacío, el lugar lucía muy agradable. Con la música de jazz latino a medio volumen, entre el ritmo de las trompetas y el saxofón, me bebía una copa de chardonnay. Me sumergí en la fotografía de una revista de destinos turísticos, de un grupo de surfistas en Puerto Escondido, Oaxaca.

Sin darme cuenta, un tipo de treinta y tantos, alto, pálido y narigón se sentó a mi lado.

—Martini seco, por favor —ordenó al cantinero. Echó el ojo a la revista que yo leía y dijo:

—¿Te apetece Puerto Escondido para vivir o vacacionar?

No puedo describirlo como guapo, pero sí con una imponente personalidad. Llevaba un traje oscuro. Cubría su media sonrisa con el dedo índice y con el pulgar acariciaba su barbilla.

—Vacacionar, prefiero el bullicio de la ciudad para vivir.

—Mauricio Serrano —extendió su mano y le di la mía.

—Romina Pármeno —sonreí.

—¿Esperando vuelo?

—Espero a mi hermana, pero su vuelo se retrasó, ¿y tú?

—Voy llegando, pero sinceramente necesitaba un trago —se bebió de un sorbo su martini.

—¿Te parece si cambiamos tu copa por una botella? ¿Qué estás tomando?

—Chardonnay, si gustas… —no quise rechazar la invitación. Algo en él me resultaba muy atrayente.

Al cabo de una hora nos acabamos la botella, el cantinero sirvió en mi copa las últimas gotas de vino, dijo que eran tres y las llamó las gotas de la felicidad: salud, dinero, amor.

—Qué agradable ha sido conocerte —me dijo Mauricio, elevó su copa y brindó por el encuentro inesperado.

—Un placer —coincidí mientras chocaba mi copa con la de él.

Mauricio solicitó la cuenta y me disculpé.

—Voy al tocador.

En la puerta del tocador, al salir, me esperaba él, me pilló con un beso, no me negué. Me guío de nuevo hacia adentro, con una mano me tomaba del cuello y con la otra puso el seguro en la puerta. En un segundo tenía levantado mi vestido floreado hasta la cintura y mi suéter rosa cayó al suelo. Sacó de su cartera un preservativo, y se lo puso sin dejar de besarme, a la vez sentía su otra mano deslizarse por mi espalda y poco a poco, como gota de lluvia sobre la ventana, bajar hacia mis nalgas. Me excitó ese apretón, ya que junto con eso vino un mordisco en los labios, que me hizo gemir de placer.

Bajó su boca a mi cuello y empezó a lamerme, pensé en cuánto lo deseaba desde que estábamos compartiendo el chardonnay en la barra.

Recorrió mi cuerpo, hasta llegar a mis botones y los abrió hábilmente, parecía que entre sus manos traía la herramienta adecuada para hacerlo sin que yo me diera cuenta. Sentí el tibio calor de sus manos tocando mis senos, apretándolos, mientras que con la otra mano me aprisionaba junto a él.

En pocos segundos me despojó de mi ropa íntima y empezó a morderme los senos. Bajó hacia mi cadera y comenzó a lamerme, hasta llegar al punto de hacerme gemir de placer.

Dejó la dulzura a un lado y con un poco de salvajismo y rudeza entró en mí. Mauricio cubría mi boca con su mano para acallar mis gemidos y en cuestión de once minutos alcanzamos juntos el orgasmo. Fue un explosivo momento para ambos, que terminó en un inolvidable recuerdo.

Al terminar, se fajó la camisa y me ayudó a acomodar mi vestido, mientras yo me lavaba las manos y la cara.

—Te espero afuera —salió primero.

Todavía acalorada y con las mejillas rojas, me despedí, el vuelo de Samanta ya era anunciado. Le di un beso en la mejilla.

—Gracias.

—Igualmente, Romina.

Salimos del bar, cada quien siguió su camino y jamás volvimos a cruzarnos.

Samanta apareció frente a mí, me abrazó muy fuerte y yo acaricié su corta melena roja. No la veía desde sus dieciséis años, aparentemente se veía diferente, pero para mí seguía siendo la niña que cuando sonreía se le hacían unos huequitos en las mejillas. Observé sus enormes ojos cafés, sus pestañas largas, ese rostro angelical que apenas iba con ese cuerpecito delgado de 1.57 de estatura. Llevaba puesta una minifalda de mezclilla muy corta, mallas de red y botas negras.

Llevé a cenar a Samanta a las famosas cemitas, un platillo tradicional poblano. Pidió una de carne enchilada, se comió todo y hasta se chupaba los dedos. Me contaba emocionada de Cabo San Lucas y hablaba tan rápido que apenas captaba lo que decía. Yo estaba embobada viéndola. Se veía tan fuerte, tan bonita, tan auténtica y a la vez tan chiquita, con sus cincuenta kilos y sus mil carcajadas.

Ya acostadas en mi cama, con las luces apagadas, seguíamos platicando como cuando niñas, y antes de dormirnos me rogó:

—¿Puedo abrazar tu dedito?

Yo casi lloro de risa. De pequeñas no me gustaba que me abrazara en las noches, así que le proponía abrazar mi pulgar a cambio de lavar los trastos por mí.

Pasamos unos días increíbles, solicité mis vacaciones justo en esas fechas para pasar esa semana con ella. Hablamos de mamá, de nuestra niñez, de los últimos días de mamá con vida, lo que ella decía de Sam y tantas otras cosas.

Tantos momentos juntas y separadas. Tanta vida por compartir que no habíamos compartido. Tanto querernos sin tenernos. Y tanto necesitarnos sin abrazarnos.

El 6 de enero Samanta se regresó a Los Cabos. Antes de partir me dio una caja blanca del tamaño de mi mano, adornada con un listón dorado.

—Tu regalo de cumpleaños.

La abracé y contuve mis ganas de llorar. No quería que se fuera, al marcharse me sentiría otra vez sola.

De regreso a casa abrí la cajita, era una cadena de oro muy delgada, con un dije de un colibrí y una nota que decía:

> "Te quiero tanto, mi pequeña colibrí.
> Te quiero siempre libre. Brilla
> y vuela sin miedo".

Esa noche lloré hasta que el sol entró por la ventana.

Enero terminó. Salomé seguía sin conseguir empleo. El dolor de la traición seguía latiendo como rencor vivo, pero no quería agobiar a nadie con sus penas.

Por su parte, Jocelyn decidió emprender esa aventura con Tony, el del bar, y atender esa parte interior de ella de sentirse querida, de saber que alguien le dedicaba tiempo, miradas y prohibidas caricias.

Empezó a visitar a Tony con frecuencia. Incluso cuando su madre no podía cuidar al bebé, lo llevaba a sus citas con su amante. Solían ir al mismo motel los viernes de cada semana. Dejaba a Aquiles en el portabebés, sobre el sofá, mientras hacía el amor con Tony en la cama, en la ducha, en el tocador, en la alfombra. El bebé nunca lloraba, pero tampoco se quedaba dormido.

A su vez, Massimiliano se estaba separando de su esposa y decidió dejar de esconderse con Naima. La llevaba a sus eventos sociales y la presentaba como su novia.

Yo seguía sin recibir noticias de Hahn.

11

Nos reunimos en un restaurante para desayunar.

—¿Ya conseguiste empleo, Salomé? —preguntó Jocelyn.

—Nada.

—En la oficina de Ricardo están solicitando recepcionista, si te interesa te paso los datos.

Sin tapujos Carmina le dijo:

—Eres un encanto, Jocelyn. Ya que se ponga a trabajar, todos los gastos de la casa los estamos llevando Naima y yo.

—¡Carmina! —la reprendió Naima.

—Es la verdad —argumentó.

—Carmina tiene razón, me urge trabajar ya no puedo seguir así.

Fui la primera en acabar mi platillo, así que Jocelyn me pasó al bebé, que comenzaba a hacer una rabieta.

En el trabajo todo transcurría sin novedades. Desde mi estación veía a Naima platicar con otros cajeros principales. Carmina fingía que trabajaba dando vueltas en círculos, se notaba su aburrimiento, mientras que Henry atendía unos socios y el jefe de piso regañaba a unos meseros.

—Cincuenta fichas, por favor.

Hahn apareció detrás de mí.

—Hola, Hahn, ¿cómo te la has pasado?

—Fiestas tediosas, un largo viaje de regreso y unas ganas locas de verte.

—¿Locas? —me reí.

—Sí, locas ¿te veo mañana?

—No puedo.

—¿Después de mañana? —se sentó frente a una máquina.

—También estaré ocupada.

—¿El fin de semana? —me preguntó exasperado por mis respuestas.

—Creo que esta semana no.

Fui determinante, esperé su llamada ansiosa por semanas y él, nada, **ni siquiera podía decir que era su amante, éramos dos desconocidos que ocasionalmente tenían sexo.**

—¿Estás enojada acaso? Porque no tienes motivos.

—No estoy molesta —suavicé mi tono de voz—. Es mal momento, estaré ocupada estos días, pero nos vemos la próxima semana.

—Está bien, esperaré —se paró y se fue.

La vacante que Salomé dejó disponible fue cubierta.

El jefe de piso me indicó que me solicitaban en Recursos Humanos, subí a la administración y sentada frente a Martha Yareli estaba una chica.

—Aranza, ella es la señorita Pármeno —nos presentó.

—Soy Romina —le di la mano.

—Señorita Escobedo, Romina te va a capacitar, te recuerdo que es un mes de prueba, sé puntual, sigue nuestras políticas, enfócate en tu trabajo y estarás con nosotros por mucho tiempo.

Aranza asentó con la cabeza y se paró para seguirme por el pasillo.

—Pármeno —me llamó la licenciada.

Giré sobre mí para mirarla de frente.

—Eres la persona indicada para formar parte del equipo de capacitación, me han hablado muy bien de tu trabajo, felicidades.

Agradecí y me retiré con Aranza, siguiéndome justo como un año atrás yo seguía a Naima.

Aranza era de esas personas que no paran de hablar y que todo lo expresan con entusiasmo. Recorrimos el casino y le presenté a algunos compañeros. Cuando saludé a Carmina, ella fue indiferente con la nueva chica.

Esa semana me dediqué a la capacitación, Aranza y yo pasamos muchas horas juntas, me resultaba divertida, así que cuando me invitó al restaurante donde su novio era chef, acepté.

Llegamos al sofisticado lugar que tenía un DJ en una esquina mezclando música electrónica. Era uno de esos restaurantes excéntricos con mucha luz, sillones blancos, mesas grises y plantas verdes en las esquinas. Aranza saludó a los de seguridad en la entrada, al capitán de meseros, y nos sentamos en la barra que estaba hasta el final del salón. Frente a nosotras una gran variedad de licores de todo el mundo; ella ordenó un sambuca negro en las rocas y yo un coctel cosmopolitan, me sentí muy sofisticada. Al pasar un rato, el chef salió de la cocina a saludar.

A las tres de la mañana pedí un taxi y Aranza se quedó. Hahn me llamó esa madrugada.

—¿Cómo estás?

—Llegando a casa, todo bien por acá. ¿Cuándo te veré? —le pregunté sin titubeos, estaba cansada y no quería perder el tiempo haciéndome del rogar o que él se hiciera.

—¿Te parece el martes?

—Pasa por mí el martes a las diez. Hasta entonces, Hahn…

Los días pasaron, Carmina y Aranza lograron romper el hielo y la integramos al grupo, invitándola a nuestras reuniones en el bar Luna Llena.

A Hahn lo dejé de ver a finales de febrero. Él comenzaba a tener mucho trabajo y nunca coincidíamos. Empecé a odiar ese sentimiento de frustración que me provocaba verme obligada a cambiar mis planes para vernos. Odiaba estar siempre a su disposición, así que un día simplemente nos dejamos de llamar y no supe de él por un largo tiempo.

Por esos días Naima se mostraba angustiada, con la mirada perdida pero no quería mencionar nada al respecto.

El ocho de marzo de ese año, Naima llegó tarde al trabajo, pálida, con los ojos enrojecidos cómo si hubiese llorado toda la noche. Pasó a mi lado y no me dirigió la palabra. Cuando tuve oportunidad me acerqué.

—No te ves bien, Naima. ¿Por qué no vas a casa a descansar?

Me miró con sus ojos llenos de lágrimas y una gran necesidad de desahogar su dolor. No podía darse permiso de arrepentirse, fue una decisión de ella.

—No quise tener al bebé.

Se rehusaba a confesarse culpable, pero aún sentía entrar por cada poro de la piel el frío de la clínica, **el vacío en su vientre y ese secreto que yo le guardaría para toda la vida.**

La abracé con fuerza, su cuerpo temblaba.

—Naima —la llamé por su nombre y se desvaneció. Traté de evitar que su cabeza cayera al suelo y otros compañeros se acercaron a ayudarme.

Al fin reaccionó y Massimiliano me pidió que la llevara a casa y me quedara con ella.

—En la noche pasaré a verla —me indicó.

De camino a casa ella no mencionó nada, sólo miraba a través de la ventana del Volkswagen mientras yo conducía.

Entré a la habitación con un plato de frutas y un té caliente.

Naima se envolvió en las sábanas y se incorporó para sentarse.

—Yo no quiero tener hijos, Romina, yo no sueño con casarme, yo jamás le he exigido nada a Massimiliano, no quiero ni todo su amor, ni todo su tiempo. Estoy bien con lo que tengo, no le pedí que se divorciara... —se secó las lágrimas que recorrían sus mejillas—. Fui cuidadosa, no merecía pasar por esto, no sé qué falló.

—Tienes que ser fuerte y seguir adelante, ya pasó.

—Lo sé, lo sé —repitió más para sí misma que para mí.

La primavera llegó y con ella unas tardes frescas que pude disfrutar sin una bufanda amarrada al cuello.

Naima se encontraba de mejor ánimo, sin embargo, se distanció de nosotras e incluso de Massimiliano. Él llegó a suponer que salía con otro y ella no tenía ganas de dar explicaciones a sus acusaciones de siempre.

Carmina y Aranza se volvieron más amigas, iban juntas al cine, al bar, de compras, al café, el único día que no la pasaban juntas era cuando Jasper, el novio de Aranza, tenía su día libre en el trabajo.

—Odio que Aranza cancele por Jasper cuando ya tenemos planes —nos comentó enfadada.

—Yo voy al cine contigo —se ofreció Salomé.

—No tengo ganas, vayan ustedes —nos dio las entradas al cine.

Saliendo de la función, Salomé fue a un teléfono público a hacer una llamada. Yo me alejé, pero sus risas captaron mi atención.

—¿Quién era? —pregunté cuando colgó.

Lo pensó un poco y al fin respondió.

—Ricardo, tenía que decirle algo del trabajo.

De regreso compartimos un taxi. Durante el trayecto no nos dirigimos la palabra, llegamos primero a mi casa y pagué lo que correspondía.

—¡Hasta pronto! —me despedí.

—¿Qué es lo que no te parece? —me preguntó.

—La manera en que fraternizas con Ricardo no me parece apropiada —tomé el cambio que me dio el taxista.

—Ricardo y yo sólo somos amigos, a diferencia de Jocelyn y ese cantante con quien se ve a escondidas, ¿tú lo sabías? —me interrogó desafiante.

Me quedé pasmada ante su comentario. Un coche detrás del taxi tocó el claxon.

—Me tengo que ir, Salomé, ¿hablamos mañana? —sin esperar su respuesta me bajé y la vi alejarse en el automóvil negro.

Jocelyn intentaba de sobremanera ser discreta en su relación con Tony. Una tarde me invitó un café en Los Portales y casi por remordimiento me contó todo. Me fumé una cajetilla de cigarros, uno tras otro. Ella hablaba de la pasión que sentía por Tony, de lo mal que iba el matrimonio, de su falta de maternidad, de sus frustraciones y de su terrible miedo a tomar una decisión.

—Mi madre siempre dice que las mentiras son como la mierda, en algún momento salen a flote —dijo al encender su cigarrillo y le dio una fumada. La desconocí, estaba frente a una Jocelyn con ojeras pronunciadas, sus manos temblaban y era evidente el llanto atrapado en su garganta.

Nos alejamos sin intenciones de hacerlo.

Carmina y Aranza iban juntas al Luna Llena al menos una vez a la semana, parecían las únicas felices por esas fechas.

Dejé de ver a Salomé por varias semanas y supe por las chicas que trabajaba horas extras y que siempre era Ricardo quien la llevaba a casa.

Naima, aunque fingía que estaba bien, aún arrastraba el dolor emocional que le causó el aborto. Le pidió a Massimiliano que se separaran por un tiempo.

Jocelyn se seguía escapando con Tony cada viernes. En una ocasión Ricardo la vio del otro lado de la calle con el bebé y Tony, se rehusaba a creer que ella le era infiel, no se atrevió a enfrentarla. Le contó a Salomé, describiéndole al hombre, de inmediato ella lo identificó y supo que era el dueño del Luna Llena pero no mencionó nada. Desde entonces se volvió la confidente de Ricardo, a veces cuando él la iba a dejar a casa, se quedaban más de una hora dentro del automóvil platicando.

Probablemente a Ricardo, igual que a Jocelyn, le faltaba valor para admitir que sus vidas juntas no estaban funcionando.

Pero cuando se está atrapado en un núcleo estable pesa más todo lo vivido.

Si el matrimonio era una promesa, él no sabía cómo romperla; ya estaban ahí juntos en el camino y en esos casos resulta más fácil seguir hacia delante que dar pasos hacia atrás.

Y Henry vivía su propio infierno. Decía que amaba a Francisco y siempre que peleaban terminaba sintiéndose culpable y siendo él quien pedía perdón, aunque no recordara la razón por la que todo había empezado. Su relación era de esas desgarradoras, en las que los besos duran horas y los enojos incluyen insultos, golpes y hasta lámparas rotas. Lo mejor era separarse, pero ninguno de los dos se atrevía.

La dependencia de uno por el otro era más fuerte que la tranquilidad individual. Pero esa mañana Francisco dio el primer paso.

—¿Te vas? —le preguntó Henry al ver que metía su ropa en una maleta. Aparentemente todo iba bien, llevaban semanas sin discutir, hicieron el amor como hace tanto tiempo no lo hacían, Henry no entendía por qué Francisco había decidido dejarlo así de pronto.

—Necesito estar solo —Francisco salió de la habitación.

El portazo de la puerta principal anunció que se fue sin despedida. Henry se acurrucó en la cama, con esa tristeza que deja el ser abandonado por alguien que amas.

Cada uno de nosotros estábamos inmersos en nuestros propios problemas, buscando la manera de olvidarlos o solucionarlos. En el trabajo apenas y cruzábamos un par de palabras. **Era como si nuestra amistad ya no fuese ese lugar seguro que un día fue.**

Semanas después de que Francisco se marchara, Henry se encontraba confundido. Francisco, que todavía conservaba la llave de la casa, llegaba sin avisar; a veces salían como si fueran una pareja y luego volvía a desaparecer. Henry sabía que no podían seguir así y se atrevió a darle un ultimátum.

—O te decides a volver o te vas para siempre —le dijo a sabiendas que podía perderlo.

Y Francisco se quedó, lo intentarían una vez más.

Una noche esperaba en la parada el autobús. Diego bajó y detrás de él una chica. Ella tropezó conmigo cuando subí, sin embargo, la ignoré y el conductor arrancó inmediatamente. Mientras nos alejábamos pude ver que la chica que se dirigía al sentido contrario de la calle llevaba una sudadera azul idéntica a la que yo tenía puesta el primer día que llegué a Puebla. Diego se quedó en la parada mirándome fijamente hasta perderme de vista y yo a él. **Era como estar en esas historias en las que de pronto se te olvida que sucedieron, y cuando vuelven a ti destapan emociones que se creían olvidadas.** Sólo que yo ya no era la misma Romina que él un día conoció.

PARADAS
CONTINUAS

12

Igual que varias noches atrás no conciliaba el sueño. Sólo daba vueltas en la cama, así que me paré, sobre la pijama me puse un abrigo y en la cabeza un gorro de estambre. Del buró agarré la cajetilla de cigarros nueva, abrí la puerta, hacía frío, desde ahí observaba la fuente con sus querubines en sequía. Decidí bajar y hacerles compañía, me senté dentro de la fuente con un cigarro en la mano y una botella de vino en la otra, mirando el cielo ennegrecido, en mi walkman escuchaba un casete de Chavela Vargas.

—Nunca había visto a alguien dentro de una fuente a las dos de la madrugada.

Di un salto y el vino se derramó, me quité los audífonos. Él levantó inmediatamente la botella y me la entregó; aún le quedaban un par de tragos. Quizás él tenía un poco más de treinta, de aspecto bohemio, cabello espeso oscuro y barba desaliñada. Hacía un gesto con la mirada como si sonriera y como si no, y un ligero surco se le hacía en la frente.

—Nicolás Zamora —extendió su mano.

Yo, que tenía las dos manos ocupadas, con descortesía le dije:

—Es hora de volver a mi recámara —subió conmigo las escaleras—. Romina —por mera cortesía me presenté antes de entrar a mi habitación.

El cumpleaños de Naima fue un buen pretexto para reunirnos después de bastante tiempo.

Henry llegó sin Francisco. Aranza no pudo ir por una reunión familiar con Jasper, lo cual molestó a Carmina. Jocelyn y Ricardo que intentaban arreglar sus problemas, no pasaron ni diez minutos juntos. Salomé pasó toda la noche al lado de Ricardo, y Jocelyn bebió una copa tras otras hasta quedar ebria, terminó durmiendo en la cama de Carmina.

Massimiliano le llevó un ramo de rosas a Naima.

Carmina se marchó después de hacer una llamada misteriosa.

Y yo volví a casa bastante mareada.

Sentado en las escaleras, fumando un cigarrillo, se encontraba Nicolás.

—¿A dónde vas tan elegante? —le pregunté al verlo con ese traje gris y el nudo de su corbata desbaratado.

—¿Querrás decir de dónde vengo? Romina, no creo que alguien tenga una cita a las tres de la mañana.

—Ir o venir es igual —empecé a reírme, quise dar el primer paso para subir la escalera y resbalé, me agarré del barandal para no caer. Nicolás se paró rápidamente para ayudarme.

—Lo siento, estoy bien, he estado peor.

—No lo dudo —sonrió.

Al llegar a mi puerta saqué las llaves del bolso que se me cayeron al suelo. Nicolás me ayudó a abrir, me senté en la cama y él a mi lado.

—Vengo de una exposición fotográfica —me comentó.

—¿Así que eres fotógrafo? —me acosté en la cama.

—A eso me dedico. ¿Y tú qué haces además de beber vino?

—No siempre tomo vino, a veces vodka con jugo de arándano… —cerré los ojos e inmediatamente me quedé dormida.

El despertador sonó.

No tenía resaca, pero necesitaba un baño de agua fría, aún llevaba puesta la ropa del día anterior y ese día me tocaba trabajar.

Como siempre, esperaba en la esquina el autobús para ir al trabajo, cuando un conductor tocó el claxon insistentemente. En el sentido contrario de la calle estaba, en un descapotable rojo Impala 68, el fotógrafo Nicolás Zamora, con su cabello despeinado y sus gafas de gota.

—¡Romina! —gritó.

Señalé mi reloj para que interpretara que se me hacía tarde para el trabajo, a modo de respuesta, él con una seña, me indicó que cruzara, y casi corriendo crucé.

—Lindo automóvil.

—Lo sé —me respondió con esa sonrisa soberbia y aceleró.

—¿A dónde te llevo?

—A la avenida Juárez —saqué un cigarrillo e intentaba prenderlo cuándo Nicolás me lo arrebató de la boca y lo aventó a la guantera.

—Hoy no —me regañó.

Nicolás, de treinta y dos años, en proceso de divorcio, sin hijos, era un fotógrafo desempleado hasta hace unas semanas. Recién contratado en una universidad como profesor, sin embargo, su sueño era trabajar para una revista y viajar por el mundo. Le gustaba el vino, su preferido era el shiraz mexicano, se decía un gran admirador de la música de Joaquín Sabina y la poesía de Pablo Neruda. Era uno de esos bohemios más que vagan por el mundo, como tantos otros.

—Gracias por traerme, me disculpo por lo de anoche.

Se quitó las gafas y me miró con sus ojos color avellana.

—Nada de qué disculparse, te confieso que me encantó el beso —volvió a colocar sus gafas y se fue dejándome sin palabras.

A mi mente llegaron vagos recuerdo de él diciéndome: "Romina, ya me voy". Vino a mí la imagen de cuando me incorporé, acaricié su barba con la mano derecha y con la izquierda me colgué de su cuello y le di un beso dulce y apasionado, que duró tal vez unos segundos. Me volví a acostar y me di la media vuelta, obvio no escuché cuando cerró la puerta.

Aquel jueves de mayo, mis amigos y yo, nos reunimos en un bar estilo irlandés, el lugar estaba casi vacío, las paredes eran verde oscuro con fotografías de personas, tarros de cerveza, posters de duendes y tréboles. La barra de madera con bancos altos que tenían cojines de cuadros rojos con negro, música de Led Zeppelin, Rolling Stones, Jimi Hendrix y The Doors. En unos sillones estaba Carmina sentada al lado de Aranza, acompañadas de Henry y Francisco. Salomé se sentó en medio de ellas y yo junto a ellos. No celebrábamos nada en especial, pero a pesar de que parecía que nadie aprobaba la vida de nadie, queríamos de alguna manera seguir unidos.

Nos habíamos convertido en una familia con todas las discrepancias que eso implica.

—Cerveza de barril para todos —solicité al mesero.

Jocelyn llegó con Ricardo y Naima. Mientras nos saludábamos y nos volvíamos a acomodar, Salomé acabó junto a Ricardo.

Alrededor de las once de la noche se empezó a llenar el lugar, la banda se instaló en el escenario. Al ver a Tony, un incómodo silencio nos invadió.

Ricardo no mencionó nada. Yo miré a Salomé como rogándole que no dijera alguna indiscreción.

Varias rondas de cerveza después, nos paramos a cantar, saltar y bailar, excepto Henry y Francisco que parecían discutir. Por el volumen de la música apenas y se escuchó el *crash* de un vaso que cayó al suelo, Henry se paró, puso unos billetes en la mesa y se despidió de todos.

—Me duele la cabeza, ya nos vamos —dijo y se dirigió a la salida del bar, y detrás de él fue Francisco.

Salomé tenía intenciones de seguirlos, Ricardo la persuadió para que se quedara. Nicolás entró al bar con un par de amigos y nuestras miradas se cruzaron de inmediato.

Naima se fue con Massimiliano, que había quedado en pasar por ella.

Aranza y Carmina abrazadas coreaban la canción que tocaba el grupo. Salomé y Ricardo se hablaban al oído y no paraban de reír, mientras que Jocelyn parecía que quería irse, pero no decía nada y le daba un trago al tequila y otro a su cerveza.

Fui a la barra por servilletas y Nicolás puso su mano en mi espalda desnuda por el escote del vestido, e inevitablemente se me erizó la piel al sentir su calor.

—Me da gusto verte —me susurró al oído y con sus labios húmedos rozó mi cuello.

—A mí igual —me mordí los labios tratando de contener el deseo.

Tony indicó que la banda haría una pausa y como por encanto se escuchó en la rockola "Kumbala" de La maldita vecindad.

Nicolás me tomó de la cintura acercando lentamente mi cuerpo al suyo, haciéndome temblar las rodillas, y empezamos a bailar abrazados. Perdí la noción de dónde me encontraba, eran sus ojos color avellana el lugar donde yo quería quedarme para siempre, me estaba enamorando de ese desconocido.

Salomé le pidió a Ricardo ir a bailar como varias parejas más lo hacían; Aranza y Carmina se sentaron y ordenaron más cerveza. Jocelyn salió a fumar un cigarrillo.

Y Nicolás con su barba recorría mi cuello dejando su aliento en mi piel… Deseaba que no terminara nunca ese instante.

Afuera del bar, Jocelyn se paseaba como aburrida con el cigarro en la boca. La calle abarrotada de taxis y automóviles, hasta que Tony se acercó.

—No puedes decirme que se acabó, sé que sientes lo mismo que yo.

—Tony —le suplicó consciente de que si se acercaba no podría contenerse. Él le quitó el cigarro y lo tiró al suelo. Sin importarle que el esposo estuviera a unos cuántos pasos, la besó y ella le correspondió. En ese momento Ricardo salió como si lo hubiera llamado el diablo, y de un golpe apartó a Tony. En su coraje, le propinó una bofetada a Jocelyn. Tony, que apenas pudo reaccionar por la sorpresa, quiso defenderla, pero ella les pidió que pararan.

—¡Basta! —les gritó desesperada, doliéndose por el golpe.

Ricardo pidió al valet parking el automóvil, Salomé se montó inmediatamente en el coche con Ricardo.

Tony intentó abrazar a Jocelyn, pero ella se negó y se subió a un taxi.

Dentro, Carmina ya ebria pagó el resto de la cuenta y le pidió a Aranza que la llevara a casa. Yo me quedé en el bar con Nicolás y sus amigos, sin enterarme aún de todo lo que había sucedido.

—Llegamos.

Aranza movió a Carmina para que se levantara, casi se la colgó de un hombro y la ayudó a entrar a la casa. En la recámara la sentó en la cama.

—Tu abrigo —le indicó. Carmina se lo quitó y se lo dio—. Tu blusa —le ordenó.

Se la quitó y extendió su mano para dársela. Aranza acomodó todo en la silla.

—Tu pantalón.

Con dificultad Carmina se sacó el pantalón de mezclilla, Aranza lo recogió del suelo y lo colocó donde lo demás. Finalmente se acercó para despedirse.

—Me voy —le susurró.

—Quédate —le pidió Carmina.

Se besaron una y otra vez, se acariciaron. Tan sólo se escuchaba su respiración agitada llena de deseo. Aranza le besó el cuello, la espalda, el pecho, el vientre, Carmina se dejaba llevar por el placer que sentía. Se olvidaron de todo, hasta que Aranza estaba a punto de quitarle la panty de encaje rosa y se reprimió. Le dio un beso en la frente y se fue.

La resaca del día siguiente trajo consigo una serie de eventos que marcaron el resto de nuestras vidas.

Naima recibió una propuesta de matrimonio y no supo qué responder. No esperaba eso, ni aquella noche y probablemente nunca. Según me contó, no sabía si era porque en realidad no quería esa vida como siempre decía, o porque nunca creyó a Massimiliano capaz de pedirle estar toda la vida con él.

Carmina y Aranza descubrieron un deseo mutuo, pero no sabían cómo enfrentar aquellos sentimientos.

Jocelyn se quería morir. La pasión por Tony podía ser fugaz, pero lo que tenía con Ricardo debía ser para siempre. **Sus prejuicios no le permitían renunciar a lo que le dedicó años de su vida.** Tenía la casa, el jardín precioso, el hijo saludable y hermoso, sus amigas, su familia, pero ya no tenía fuerza para continuar. Desde el nacimiento de Aquiles los días se le iban en llorar. No se trataba de Ricardo, ni del bebé ni de lo que no hizo ni de lo que jamás haría. No se trataba de Tony, todo era ella, lo que estaba dentro de ella, y no había nada. La vida que soñó, la vida que tenía la hacía sentir vacía..

El sol se colaba por la ventana del cuarto, en un motel rumbo a Cholula. Las sábanas blancas cubrían el cuerpo desnudo de Salomé. Sonrió al mirar a Ricardo que despertaba, se acurrucaron en silencio.

En el otro lado de la ciudad, en la sala de su casa, Jocelyn estaba inconsciente, con las muñecas de las manos sangrando, decidida a que era lo mejor para todos, pero sobre todo para ella. Se arrancó de un tajo el suspiro.

Y Henry lloraba solo y desnudo en una esquina de la regadera de su departamento. El chorro de agua helada caía sobre su piel cubierta de moretones. Su rostro estaba irreconocible por los golpes, la sangre escurría junto con el agua hasta llegar a la coladera, intentaba abrir los párpados, pero por la hinchazón era imposible. El departamento seguía impecable, como si ahí nada hubiese pasado, en un profundo silencio.

Abrí los ojos, estaba en mi habitación en total oscuridad, las cortinas verde olivo no permitían entrar ni un rayo de luz. Estaba sola con el vestido blanco de la noche anterior todavía puesto. Alrededor de mi cama un caos total: la bolsa en el suelo, los zapatos tirados, por ahí un par de botellas de vino vacías, las llaves debajo de mi almohada, varios trastos sucios en la cocineta y la maleta entreabierta aún sin deshacer en el mismo lugar desde el día en que llegué a Puebla. Lo primero que vino a mi mente fue Nicolás Zamora, su aroma seguía impregnado en mi piel y mis labios con sabor a él.

Cuando Naima despertó, se dio cuenta de que Massimiliano ya no estaba, que había dejado una nota en el buró: "Te comprendo, Nai, pesan más los amargos momentos que todo el amor que sinceramente te tengo. Si no tienes respuesta para la pregunta que te hice anoche, me queda claro que entonces no sabes por qué estás conmigo."

Las lágrimas se escaparon de sus ojos, pero no por dolor, sino por alivio, era libre...

La mañana esplendorosa parecía ser sólo para los que llegaban a trotar al parque que estaba frente a la casa de las chicas. Para Carmina, el sol era una linterna que apuntaba directo a su rostro. Se paró a cerrar las cortinas. De pie frente al espejo observó en su cuello una ligera marca que dejaron los besos de Aranza. Cerró los ojos y metió su mano derecha dentro de las pantaletas y se acarició pensando en la noche anterior, en los besos y caricias de Aranza.

En la puerta se estacionaba el automóvil de Ricardo. Salomé se despidió con un beso en los labios, sin importarle que Naima, que ya iba al trabajo, los viera.

Cuando Ricardo entró a su casa, sentimientos encontrados lo invadían. No podía imaginar su vida sin Jocelyn, pero tampoco podía perdonarla. Estaba inmerso en esos pensamientos, cuando la miró sobre la alfombra inerte. Un vuelco en el estómago se apoderó de él y el miedo recorrió su cuerpo. Corrió junto a ella, la tomó en sus brazos. La alfombra estaba manchada de sangre.

Puso su oído en el pecho de Jocelyn, donde años atrás se perdía en caricias… Deseaba con toda el alma escuchar latir su corazón. Los segundos le parecían eternos.

Henry a su vez, solía bañarse y llorar, llorar y ducharse, lamentarse. Sentado bajo la regadera, intentó ponerse de pie. El agua seguía cayendo en su ya entumecida piel. Se resbaló un par de veces antes de incorporarse, se envolvió en una toalla y salió del baño. Supo en ese instante que Francisco se había ido y esta vez para siempre.

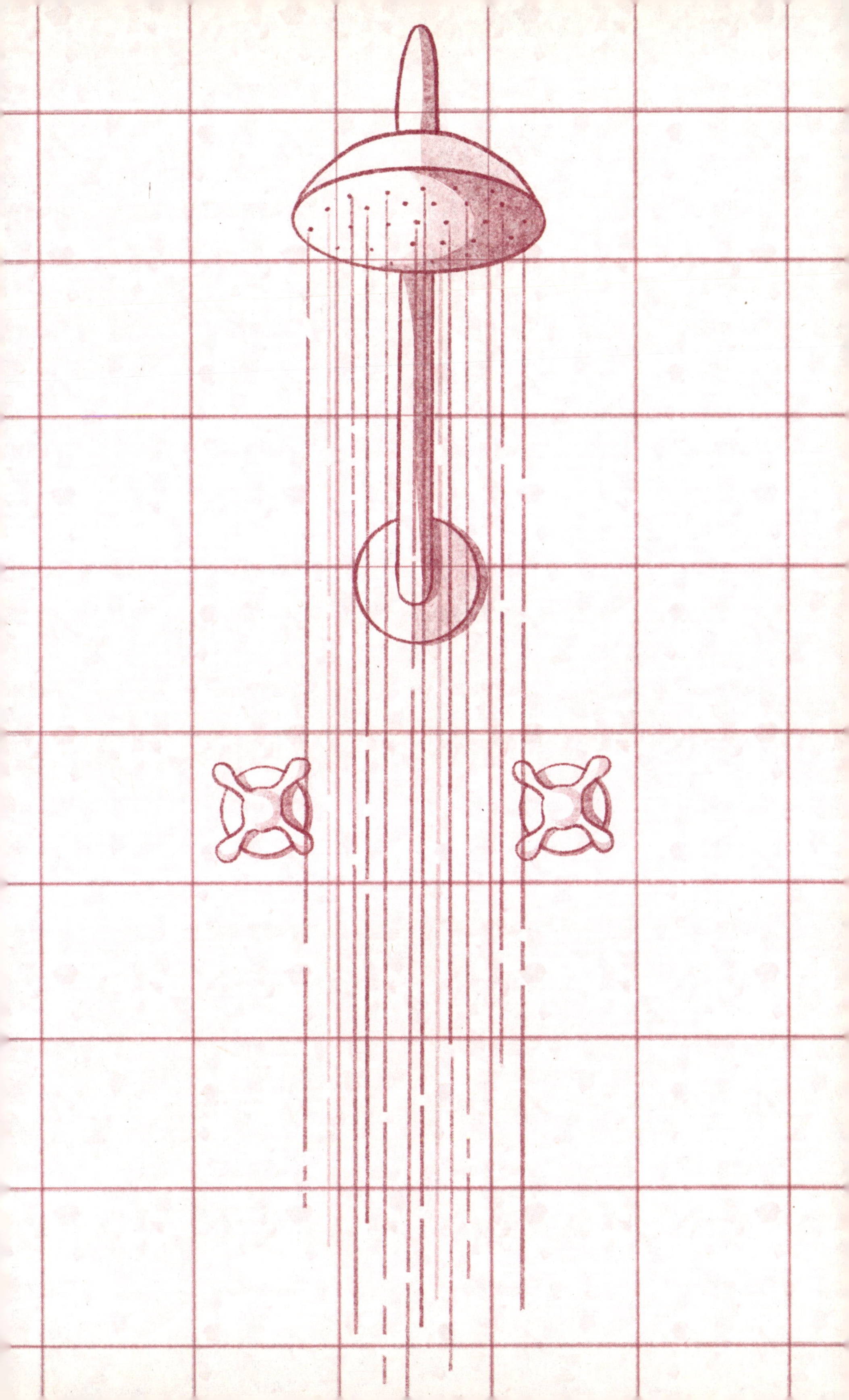

13

Al mediodía Hahn se apareció frente a mí.

—¡Buen día!

Le sonreí, por lo que ya me parecían los viejos tiempos.

—Buen día —respondí, seguía resultándome atractivo.

—¿Quieres ir a cenar uno de estos días? —me preguntó.

No tenía planes por aquellos días, pero no me apetecía un encuentro furtivo.

—Te agradezco, pero estos días me es imposible —mentí.

El frío de esa noche parecía una caricia amorosa, pero traía consigo trágicas historias. En el estacionamiento nos esperaba nerviosa Carmina.

—¿Qué pasa? —le preguntó Naima.

—Henry está en el hospital, ya se encuentra estable. De Francisco no se sabe nada. Henry se ha rehusado a poner una demanda.

Todas nos inquietamos por la situación.

Cuando quieres a alguien su dolor se vuelve tuyo. Se hace insoportable que alguien que quieres la pase mal.

—¡Vamos ya! —grité casi desesperada. Nos disponíamos a subir al Volkswagen para ir al hospital y en ese instante Salomé llegó en un taxi.

En medio del llanto y sin preámbulos, nos dijo que Jocelyn se había suicidado.

Los meses siguientes al funeral parecíamos sonámbulos. Salomé dejó la casa sin previo aviso y ni Ricardo sabía de ella.

Henry se integró al trabajo. Físicamente se recuperaba, pero por dentro seguía destrozado y no deseó volver a hablar de lo sucedido.

Perder a Jocelyn, la manera en que decidió dejarnos, nos partió el corazón en pedazos.

Yo me sentía devastada, necesitaba compañía. Y ahí sentado en la fuente, con sus pantalones de mezclilla deslavados, una sudadera azul marino y una botella de vino a su lado, estaba Nicolás.

—Te estaba esperando —me invitó a sentarme a su lado y me abrazó con gran ternura—. Traje un shiraz, es de Parras, Coahuila —me enseñó la botella.

—Justo lo que me hace falta.

Me invitó a su habitación. Al entrar colgué mi gabardina en el perchero y me quité el gorro rojo que traía en la cabeza. Su habitación era parecida a la mía, tal vez más ordenada, con una cocineta, una cama, dos burós, un largo tocador de madera rústica y las cortinas verde olivo. En una pared colocó hasta arriba fotografías en blanco y negro de rostros de ancianos; debajo de ellos, recortes de revistas de lugares lejanos. Y al final de la pared viejos centavos adheridos, todos con el lado del escudo mexicano visible, me dijo que las monedas eran un regalo de su abuelo y le daban buena suerte.

Puso el casete de *Mentiras piadosas*, de Joaquín Sabina, y descorchó el shiraz. Lo sirvió, era un vino joven, color rubí, con aroma a frutos rojos y piernas largas.

—Delicioso —lo aprobé y Nicolás me sirvió media copa, también me ofreció fresas cubiertas con chocolate.

Nos bebimos la última copa de vino a la vez que pausó la música para leerme el "Poema 12" de Neruda. Deseaba besarlo y rogarle que me hiciera el amor, pero me contuve. Al terminar de leer me acercó hacia él para darme un abrazo y un beso en la frente.

—Deberías irte de vacaciones, descansar de todo esto.

Sólo le respondí:

—Estoy bien —le di otro trago al vino y me aclaré la voz para preguntarle—: ¿Tú, cómo vas? ¿Cómo va lo del divorcio?

—No me voy a divorciar, Romina —me confesó. Sé que el semblante me cambió y que él lo notó.

—Decidimos intentarlo —de un trago se bebió lo que le quedaba de vino, y ante mi silencio me ofreció más fresas.

—Sí, por favor —acepté, agarré una pero no le di bocado, bajé la mirada y se me inundó el alma.

Algo dentro de mí esperaba que él y yo tuviéramos una oportunidad, pero al parecer me había convertido en un imán de amores imposibles.

Nos acabamos la botella y me acompañó a mi cuarto.

—¡Que descanses! —dijo e inevitablemente nos besamos, nos separamos con ganas de no hacerlo. Tomó entre sus manos mi rostro, di un paso atrás.

—¡Que descanses, Nicolás! —cerré la puerta y me dejé caer en la cama, con todo lo sucedido dándome vueltas en la cabeza.

1 Fr

14

Diciembre, 1994

Eran las cuatro de la tarde. Dentro de la terminal de autobuses no se podía apreciar el cielo nublado que anunciaba lluvia próxima. Mucha gente transitaba por el lugar, me detuve en un local a comprar una botella de agua y bajé las escaleras para entrar a la estación San Lázaro del metro. Los tacones que calzaba comenzaban a parecerme incómodos.

Compré el boleto en la taquilla. La gente se aglomeraba para entrar. Al fin me abrí paso y recorrí los pasillos siguiendo los letreros y confirmando mi mapa del metro; era la primera vez que visitaba la Ciudad de México.

Pregunté a un vendedor ambulante cuál línea tomar para llegar a San Pedro de los Pinos y me explicó amablemente.

Ya más segura de que iba en dirección correcta, esperé a que llegara el metro y entre empujones logré entrar al vagón repleto de gente. Se desplazó. Ya que no me pude sentar me quedé parada cerca de la puerta, intentando quitarme de encima al tipo que pegaba su cuerpo sudado al mío. Así pasé por Candelaria, Merced y Pino Suárez. Fue hasta llegar a la estación Isabel La Católica que una mujer bajó y ocupé su lugar. Mis ojos no se despegaban de la puerta verificando los letreros de las paradas donde se detenía el metro; observaba el mapa temiendo que se me pasara la estación.

Tacubaya, decía en letras grandes. Se abrieron las puertas y salí inmediatamente, chocando con la gente que quería abordar. Respiré profundo y continué caminando hasta transbordar a la línea que me llevaría a la estación San Pedro de los Pinos.

Al llegar el siguiente vagón subí, a pesar de que esta vez había asientos disponibles no me senté. La siguiente parada era San Pedro de los Pinos.

El corazón se me quería salir de la emoción. Aunque no tenía muchas referencias, resultó que no me fue tan complicado llegar. A estas alturas de mi viaje, mis tacones resultaban insoportables. Vestía unos jeans azules, una camiseta negra, el cabello suelto a la altura de los hombros y desarreglado como siempre.

Después de la noche que bebí con Nicolás aquel shiraz, de Parras, no lo volví a ver. Por un tiempo mantuve la esperanza hasta que casi la perdí. Seguía viviendo y trabajando en el mismo lugar, él sabía dónde encontrarme, si hubiera querido. Yo de él no sabía nada, sólo lo que él me dijo; era un perfecto desconocido.

La vida ya no era igual para mí, perdí amigos, amores y amantes. Nicolás me dejó el gusto por los vinos de Coahuila, la música de Joaquín Sabina y la poesía de Neruda.

Los días de fiestas se acabaron y llegaron a cambio mis tardes solitarias.

Era 2 de diciembre. El frío calaba los huesos, entré a una cafetería en el centro y me sirvieron con rapidez un té caliente de frutos rojos, pagué la cuenta y crucé el pasaje de La Alhóndiga.

Al llegar al otro lado, Nicolás Zamora estaba fotografiando el pasaje. Llevaba un atuendo desenfadado y la barba más espesa, el surco de la frente más marcado, tan apuesto como la última vez que lo vi, una foto más y otra. Hasta que se dio cuenta que era yo. Se detuvo y exclamó:

—¡Romina!

Mil mariposas revolotearon dentro de mí cuando dijo mi nombre, al mismo tiempo las palomas, que comían semillas en el suelo, emprendieron el vuelo asustadas. Me acerqué, pero no sabía qué decir, ese encuentro me creó confusión, una combinación de alegría y nostalgia. Me dio un abrazo largo, quise corresponderle, pero el té que llevaba en la mano y el bolso que llevaba en la otra, me lo impidieron. Me aprisionó contra él, unió su mejilla a la mía. No sé cuánto tiempo transcurrió, sólo sé que aún lo recuerdo y mi cuerpo se estremece.

Nos sentamos en una banca en el zócalo y me fotografió un par de veces más. Me contó que vivía en la Ciudad de México y viajaba constantemente. Trabajaba para una importante revista, de su esposa no menciono nada y tampoco quise preguntar.

Luego, como yo lo deseaba, me pidió que nos encontráramos la siguiente semana en la estación del metro San Pedro de los Pinos.

Impaciente esperé diez minutos dentro de la estación. Algo desesperada, salí y me senté en una de las jardineras. Pensé que no iba a llegar. Unas ligeras gotas de lluvia empezaron a caer, 5:30 p.m. marcaba mi reloj cuando en medio de tanta gente distinguí a Nicolás, caminaba hacia mí, llevaba un pantalón de mezclilla y chamarra oscura. En la mano derecha tenía una maleta pequeña. Una oleada de emociones me invadió. Me dirigí a él.

—Pensé que no vendrías —me dijo.

—Pensé exactamente lo mismo.

—Vamos a un lugar, aquí cerca.

Lo seguí, me dio su chamarra para cubrirme de la llovizna y paró un taxi. Subí primero y en medio de los dos puso la maleta, le dio las indicaciones al taxista y en menos de diez minutos bajamos en la entrada de un restaurante de comida china. Cruzamos la calle.

—Aquí es, ¿te parece? —me preguntó. Asentí con la cabeza.

Él me abrió la puerta para entrar al hotel. En la recepción había una mesa con un arreglo de flores. Acaricié las rosas mientras Nicolás pedía la habitación. Subimos al ascensor, se detuvo en el piso dos, los dos íbamos en silencio. El pasillo era largo y alfombrado. Entramos a la habitación 206, dejó su maleta en una silla y yo me senté en la cama. Ordenó un vodka de arándano para mí sin preguntarme; no olvidaba que era de mis bebidas preferidas. Para él pidió un Jack Daniel's en las rocas. Enseguida llegó el camarero. Cuando se fue le dio un sorbo a su trago.

—Fue una locura hacerte venir hasta acá. Pensé que la vida no me permitiría volver a encontrarte.

—Eso es absurdo, Nicolás, sigo en el mismo lugar donde me conociste. Ni siquiera intentaste buscarme, no finjas —le reclamé.

—No quería hacerte daño.

—¿Y qué lo hace ahora diferente? —le pregunté, a sabiendas que tendría que enfrentar mi realidad en su respuesta.

—No tengo nada que ofrecer, Romina, pero te puedo asegurar que desde que te conocí, te quedaste aquí —tocó con su mano izquierda su pecho—. Y a veces me pregunto por qué no te conocí antes.

Sus manos recorrieron mi rostro y las mías su cabello, en el que alcancé a ver un par de canas.

Él me hizo experimentar una dosis de deseo, amor y devoción; sin embargo, me prometí, en secreto en aquel hotel de la avenida Revolución, que no perdería el control.

Él tenía una vida en la que no había cabida para mí, le exigí a mi corazón que tomara sus precauciones.

15

Andando en el D.F., en una de esas caminatas que hacía, pude ver que anunciaban a Georgina León. Se presentaría la siguiente semana en el Palacio de Bellas Artes. Sabía lo mucho que Nora admiraba a esa cantante, así que decidí sorprenderla con dos boletos en primera fila.

Le pedí a Nora que vistiera formal para la ocasión. Ella no dejaba de preguntar de qué se trataba la sorpresa, pero guardé el secreto.

Después de dos horas y media de viaje, al fin llegamos.

El Palacio estaba iluminado de tal manera que resaltaba su majestuosidad. Su fachada de mármol y espectaculares escaleras nos invitaban a entrar entre toda la multitud que comenzaba a llegar.

—No puedo entrar, Romina —dijo Nora al detener repentinamente el paso.

—Pero pensé que querrías ver a Georgina. Tenemos boletos en primera fila. ¿Estás bien, Nora?

—Me siento mal, fue mala idea venir hasta acá —la seriedad en su rostro me preocupó.

—¿Quieres que nos vayamos?

—No —contestó con un suspiro.

—¿Quieres entrar? —le pregunté en un intento por comprender su reacción.

—No lo sé.

—¿Qué pasa, Nora?

—Te agradezco infinitamente este regalo —respondió con un abrazo. Su cuerpo temblaba y tras respirar profundo, decidió que sí entraríamos al concierto.

Recorrimos el coloso cubierto en su interior por mármol de diversos colores. La gran cúpula del vestíbulo era de cobre, laminillas de ónix y cerámica... Las paredes estaban decoradas por obras de grandes muralistas mexicanos que describían diferentes temas sociales. En aquel recinto, la belleza se convertía en arte y el arte en belleza.

Entramos a la sala donde Georgina se presentaría. Caminamos entre las butacas de terciopelo rojo, de frente al telón de fuego, donde se admiraban el Popocatépetl y el Iztaccíhuatl.

Estando ahí, entre esas paredes que se saben de memoria las más hermosas canciones del mundo, vino a mi mente el recuerdo de la primera vez que vi los volcanes. Sentí un vuelco en el corazón.

El telón se abrió y la gran orquesta comenzó a tocar una melodía. Georgina apareció ataviada con un hermoso vestido regional color blanco, en cuya falda mostraba flores y colibríes revoloteando exquisitamente pintados. Su cabello lo llevaba recogido con un tocado de flores azules.

Nora se encontraba conmovida, las lágrimas que brotaban de sus ojos eran de una alegría envuelta en tristeza. ¿Por qué le dolía el alma cada vez que escuchaba a Georgina?

Al finalizar la noche, Georgina interpretó "Piensa en mí", una sublime canción del veracruzano Agustín Lara. Luego agradeció al público, que le aplaudió de pie.

Cuando el telón se cerró, abracé a Nora con fuerza para demostrarle todo mi cariño. Su respuesta fue recíproca. De regreso a Puebla, Nora dormía. Mientras, mi mente me llevaba por los recuerdos de mi infancia. **¡Cuánta falta me hizo mi madre! Pero ella nunca supo cómo estar presente. Se perdió en sus temores, en su depresión, en sus vicios.** Sabía que tenía que perdonarla, pero no sabía cómo. Aún había muchas cosas que reprocharle.

Al llegar a casa, nos sentamos al pie de las escaleras, frente a la fuente.

—Aquí jugaba siempre Anastasia, se metía descalza a bailar en la fuente y cantaba, siempre cantaba… Cuando tenía quince años su padre la mandó a París a un internado. Ahí estudió canto y danza. Siempre fue una estrella, su padre la adoraba tanto y ella a él —decía Nora con la mirada perdida—. Constancio era mayor que yo por veinte años, mi padre me obligó a casarme con él porque casi estábamos en la ruina. Pero yo amaba a Jacinto, un joven carpintero que me pidió huir con él, pero con mi madre enferma no me atreví. Me casé con Constancio el 10 de enero de 1943… Apenas tenía diecisiete.

"Durante algunos años recibí cartas de Jacinto, mismas que guardé en una cajita de madera y escondí en el ropero. En una de sus cartas, Jacinto me preguntaba si Anastasia era su hija. La noche antes de mi boda me entregué a él en cuerpo y alma, antes que a cualquier otro. Nunca más me volví a sentir así de amada. La ternura con la que él me acarició, sus besos que sabían a miel… Cuando decía que me amaba venía de lo más profundo de su corazón. "Vámonos lejos, Nora, no me imagino mi vida sin ti", me decía. Pero no podía hacerle eso a mis padres. "Te amaré por siempre, inclusive cuando ya no estés", le dije, y me besó por última vez.

En la serenidad de esa noche, Nora continuó recordando esa parte de su vida, que daba sentido a la tristeza que se asomaba en sus ojos:

—Jacinto se fue de la ciudad el día que me casé en la catedral. A la boda llegó toda la gente importante de Puebla y yo sonreía para complacer a mis padres, pero dentro de mí una tormenta implacable se desataba. En la noche de bodas le pedí a Constancio que esperara. "Aún no estoy lista", le dije. Él supo esperar. Fue hasta dos meses después que se logró consumar nuestro matrimonio. Mi hermana mayor, que siempre fue mi confidente, me recomendó esperar a que estuviera reglando para entregarme a Constancio y de esta manera él no notara que yo ya no era virgen. Nueve meses después nació Anastasia. Ella era hija legítima de Constancio.

"Con una última carta que le escribí a Jacinto cuando nació Anastasia puse punto final a esa ilusión de amor que nunca más volví a sentir por nadie más.

20 de noviembre de 1943

Querido Jacinto:
Bien sabes que te amo y nunca pensé que iba a amar a alguien más que a ti. Pero hoy tengo a Anastasia entre mis manos, tan hermosa y pequeñita. Yo no podría abandonarla.

Constancio ha sido buen hombre y adora a su hija. Anastasia es su hija. Me duele en el alma pedirte que jamás intentes buscarme. Tú eres un buen hombre y sé que encontrarás a alguien que te ame y te cuide como mereces, pero ya no puedo ser esa mujer. La vida me puso otro camino y yo no supe cómo negarme. Lo hecho, hecho está, y de todo esto me queda mi Anastasia y ya que me has dado a elegir, me quedo con ella. Te amaré por siempre, inclusive cuando ya no estés...

Nora

"Después de quince años, Constancio descubrió las cartas de Jacinto. Me las aventó en la cara y me dio una bofetada que me hizo caer al suelo:

—¡Maldita ramera! Dime, ¿Anastasia es mi hija? —me gritó Constancio enfurecido.

—¡Sí, por supuesto, es tu hija! Desde que nos casamos no volví a ver a Jacinto, lo juro.

"Pero ni las lágrimas ni las explicaciones valieron, porque Constancio tenía el orgullo roto y el diablo adentro. Totalmente cegado por el odio, me arrastró por el suelo, me levantó de los cabellos, me aventó a la cama y me desnudó:

—¡Me engañaste, no fui el primero en tu vida! —gritaba mientras seguía golpeándome, cada vez más fuerte, para después poseerme.

"Ni las súplicas para que no me lastimara le importaron; simplemente no escuchaba. Cuando terminó, se levantó y, mientras me envolvía en las sábanas, él se acomodó los pantalones y del buró sacó un revólver:

—Siempre te procuré a ti y a tu familia. Fui buen esposo ¿cómo pudiste burlarte de mí? —me reclamó mientras me apuntaba con el arma.

"De rodillas, le rogué por su perdón. En nombre de su hija amada le supliqué que no me hiciera daño.

—¡Mentiras! —con un jalón de cabellos me puso de pie—. Tu castigo es que Anastasia ya lo sabe y jamás te perdonará.

"Constancio colocó la pistola en su sien y disparó.

"Anastasia nunca volvió, ni contestó mis cartas. Un día la vi cantando en televisión, pero ahora se hacía llamar Georgina León.

Nora ahogaba su llanto y yo me contagié de su infinita tristeza.

El lazo que nos unió esa noche jamás pudo romperse.

Navidad llegó con una oleada de frío intenso. La pasé arropada en cama, con un resfriado de aquéllos que te parten en dos y no te dejan ponerte en pie en semanas. Nora me ponía paños tibios en la frente… y me cuidaba como nunca nadie me había cuidado.

De Nicolás, lo último que recibí fue una postal por correo. Fue hasta el 4 de enero que el doctor me dio de alta y me incorporé al trabajo, el cual ya no era de mi agrado.

16

Pasaron dos años, algunas cosas cambiaron y otras seguían igual, yo aún seguía en el mismo trabajo y viviendo en la Avenida 9 Poniente.

Aunque Ricardo se mudó al norte del país por una propuesta de trabajo llevándose con él a Aquiles, que era lo único que nos quedaba de nuestra querida Jocelyn, aún podía llamarlo amigo. Eventualmente recibía una carta de Ricardo y una fotografía del niño, que cada día se parecía más a su madre.

De Salomé no sabíamos absolutamente nada. Y Henry tampoco supo más de Francisco.

Naima terminó sus estudios de administración en la facultad y trabajaba en un banco, en un puesto gerencial. Tenía un novio que jugaba fútbol como delantero en las fuerzas básicas de La Franja, con él llevaba una relación formal.

Y Carmina estaba enredada en una tormentosa relación con Aranza, donde los celos eran el principal protagonista.

Mi hermana se embarazó, casi no hablamos durante su embarazo, pero prometí que cuando la bebé naciera ahí estaría. El nacimiento de la bebé se adelantó, en junio de 1996 nació Camila. Pasé dos semanas en Cabo San Lucas.

Cuando llegué a Los Cabos al mediodía, el clima caluroso me puso de buen ánimo.

Santiago me recibió en el aeropuerto, Samanta y la bebé seguían en el hospital.

Mi corazón quiso salirse al ver a mi hermana menor con esa criatura tan hermosa entre sus brazos. Era como una niña sosteniendo su muñeca.

—Se parece a mamá —me dio a Camila para cargarla y se echó a llorar. Santiago la abrazó.

Durante la semana que Samanta estuvo en el hospital, todas las noches Santiago y yo nos escapamos a un bar cubano, a tomar un par de mojitos. Era un chico simpático, pero no me pareció que estuviera listo para formar una familia. No estaba segura de que él quisiera renunciar a la rumba y al baile, que se le daba muy bien. No es que fuera un mujeriego, pero siempre tenía una sonrisa y una interminable plática para quien deseara escucharlo.

Una de esas noches, Santiago se regresó temprano al hospital y yo me quedé en aquel bar a la orilla de la playa. Ese lugar era mágico, desde ahí la luna se veía más plateada y esplendorosa, las olas del mar se agitaban al ritmo de la guajira, la gente bailaba con una sensualidad infinita y sin prisa.

—Tomaré un par de mojitos más y me regreso en taxi a la casa —le dije decidida.

—Tu hermana me matará si se entera que te dejé sola.

—Entonces no le digas nada —le guiñé el ojo.

Apenas se fue y el mesero se me acercó, como todas aquellas noches en que iba a ese lugar.

—Éste lo invito yo —dijo al colocar frente a mí otro aromático mojito, cuya hierbabuena me refrescó hasta el alma. —¿Por qué te ha dejado sola tu novio? —preguntó el joven de ojos aceitunados y tez morena.

—Es mi cuñado, mi hermana está en el hospital y se ha regresado con ella.

—Lo siento, tal vez te parezco impertinente, ¿tu hermana está bien?

—Todo va perfecto, acaba de tener a su bebé y mañana sale del hospital.

—Me alegra que todo sean buenas noticias. Por cierto, no me he presentado, soy Oz.

—Romina…

El tiempo pasó volando y al fin Oz terminó su turno. La madrugada nos acompañó a caminar en la playa y **pude descubrir en él un encanto jovial y un amor a vivir la vida como viene, sin preocupaciones ni concesiones.**

De pronto ya estaba inmersa en un beso sutil, sin prisas. Nos tendimos en la arena y nos llenamos de caricias a la luz de la luna.

—Ven, Romina —dijo mientras comenzaba a desnudarse.

—¿Estás loco? —le contesté por trámite.

—Sí.

Luego corrió al mar tan libre como una gaviota. Sin pensarlo me despojé de mi vestido y lo seguí, dejándome llevar por el deseo desbordado que me invadía. Ahí mismo, en el mar, hicimos el amor. El sol comenzaba a salir.

Llegamos pronto a su departamento. Noté su pasión por el box, el *reggae* y la marihuana. De esto último, me enseñó a fumar. Libertad, relajación… Ésas fueron las sensaciones de mi primera vez. El humo inundando mis pulmones me sacó de ese paraíso a punta de tos. Sin embargo, le sonreí y le dije que no era buena para los deportes.

—Esto no es un deporte, es un arte —respondió con maestría al guiarme—. Inhala, succiona como si bebieras de un popote.

Otra fumada. Retengo y exhalo. De pronto ya soy experta.

—Quédate, Romina —dijo mientras me quitaba la bacha de las manos que se había apagado. Me besó una vez más y la volvió a encender. Seguíamos recostados y desnudos sobre un colchón tendido en el suelo, sólo cubiertos de sábanas rojas. Habíamos hecho el amor tres veces y las ganas de seguir no se agotaban. Oz era muy atractivo, quizá si la vida me hubiese permitido conocerlo en otras circunstancias, tal vez…

—No me conoces.

—Quiero conocerte, además aquí está tu hermana, tu sobrina, tu única familia, Romina… ¿qué te ata a Puebla?

—No lo sé —me puse de pie en un salto y me vestí deprisa—, me encantó conocerte… Pero yo no pertenezco a aquí.

—Allá tampoco —dijo él.

17

Regresé a la rutina del trabajo y me encontré con la noticia de que Nicolás había ido a verme.

—Vino el fotógrafo —me dijo Carmina.

Tenía más de medio año sin verle.

—¿Volverá? —le pregunté a Carmina sin ocultar mi angustia.

—Sí, claro, volverá. Me ha dicho que le llames a este número —dijo al extenderme una tarjeta.

Y me invadió una emoción inmensa.

Esa misma semana vi a Nicolás. Nos encerramos en un hotel estilo colonial en el centro. Desde su balcón podía mirar la catedral. Me trajo de Mérida un vestido de manta, con un escote pronunciado adelante y vuelo en la falda. En la ciudad de México me compró un Palo do Brasil, una planta que, según quien se la vendió, traía buena suerte.

—No requiere de muchos cuidados. La riegas una vez a la semana y la mantienes en la sombra.

Debí suponer que era un mal augurio que la planta se secara y muriera ese mismo mes.

De Guanajuato me trajo cajeta, con la cual trazó figuras sobre mi cuerpo para finalmente borrarlas a besos.

Antes que saliera el sol, cuando la calle aún estaba solitaria, me fotografió desnuda en el balcón. Lo hizo también sobre el tocador, sentada sobre una silla, después en la cama semidesnuda y cubierta por las sábanas. Cada idea que se le ocurría yo estaba dispuesta a probar y hacer. Escuchamos a Joaquín Sabina encerrados en aquel hotel por tres noches y dos días. A ratos me leía poemas de Neruda, bebíamos vino, nos embriagábamos de pasión y tuve un orgasmo tras otro al compás de las campanadas que anunciaban la siguiente misa.

Ahí supe que a pesar de sus ausencias lo amaba con el alma.

Ese día me puse el vestido que me regaló Nicolás, compré rosas amarillas, las favoritas de Arcadio, y fui a visitarlo. Había pasado mucho tiempo sin verlo, tenía tanto que contarle.

—No vino ayer y hoy no lo hemos visto —me dijeron los ancianos del ajedrez.

Decidí ir a buscarlo a la pensión donde se hospedaba, que no estaba muy lejos de ahí. Era una casa antigua, como todas las de esa zona, de piso color coral, y el pasillo estaba repleto de macetas. El portón principal estaba abierto, la dueña del lugar regañaba al gato y no escuchó cuando saludé. La ventana de la habitación de Arcadio estaba entreabierta, así que abrí la cortina para mirar adentro. Ahí estaba, dormido con las manos cruzadas sobre su pecho, en una de esas incómodas camas plegables de resortes.

—Arcadio —susurré—, soy Romina.

Un miedo brotó desde mi vientre, recorrió mi estómago hasta llegar al pecho. Lo llamé una vez más, esta vez más fuerte, pero ya no despertó. Cuando la casera abrió la puerta, yo lloraba desconsolada. Me tumbé al pie de su cama, puse las flores entre sus manos y, a pesar de que tenía muchos años sin hablar con Dios, recé un Padre Nuestro. Le di una bendición a su cuerpo inerte, un beso en la frente y se lo encargué al Señor.

No me había sentido tan sacudida desde la muerte de mi madre y el suicidio de Jocelyn. Esto me cambió una vez más. Me hizo pensar en tantos recuerdos, en mis cafés con Arcadio, en su imagen en Los Portales, en sus dibujos, en sus ganas de todo y de nada.

Sonreí y lloré a la vez al pensar en el amor y en lo que Arcadio y yo platicábamos… ¿En qué pensaría él en sus últimos instantes de vida? ¿Por qué no estuve más cerca de él en los últimos días? ¿Por qué no me dijo que se estaba sintiendo mal?, ¿estaba enfermo? ¡Ay, Arcadio!, ¿por qué me dejas sola ahora que ya nos teníamos como amigos?

Los días siguientes estuve perdida, absorta en mis pensamientos, pensaba en Arcadio, en Jocelyn, en mi madre, en la vida tan corta, en el amor que por ahora estaba en mis manos y, de pronto, ya no estaba.

Nada... nada tenía yo seguro. Ni los amigos, ni la vida, ni el amor. Todo lo perdía, tarde o temprano se me iba.

18

Algunas veces Carmina se quedaba en el departamento de Aranza, cuando Jasper trabajaba de madrugada y llegaba hasta el día siguiente. El lugar era pequeño y tenía cuadros de fotos familiares y de Jasper por doquier. Adornaban sus paredes un par de posters de Jim Morrison, una serie de luces de colores colgaba en la cabecera de la cama y tenía un buró repleto de velas aromáticas, me contó Carmina en una ocasión.

Esa mañana el sol comenzaba a salir, el calor de la mañana despertó a Aranza, Carmina ya se había ido a trabajar. Dejó una nota junto a ella que decía: "Tú me haces tan feliz". Sonrió, también era feliz con Carmina, nunca antes había sentido atracción por una mujer y ni siquiera se había imaginado que le podía suceder. Por su parte, Carmina nunca tuvo novio. Los hombres le eran indiferentes, pero tampoco había sentido algo por una mujer, así que pensaba que ella era de esas chicas que no creían en los romances ni en el amor, hasta el día que besó a Aranza y se quedó prendada de ella.

El teléfono sonó y sacó a Aranza del ensueño, era Jasper con la gran noticia que llevaban un año esperando: fue aceptado en un diplomado en España y se irían por tres meses.

La realidad la atrapó cruelmente y la hizo bajar a empujones de su fantasía, no sabía cómo se lo iba a explicar a Carmina.

Aranza se fue a España siguiendo a Jasper, y Carmina tras de ella.

Por mi parte, la monotonía me tenía dando vueltas en un laberinto circular del que no encontraba la salida. Revisaba en el periódico los clasificados de empleos, cuando Nora metió por debajo de la puerta un sobre.

—Te llegó carta, Romina —gritó la dulce Nora.

—Gracias —respondí sin abrir la puerta y recogí la primera carta que recibí de Carmina.

1 de agosto de 1996

Querida Romina:

Hoy es mi primera noche en este país desconocido. Hace un calor abrumador y he descubierto que el ventilador que cuelga del techo finge dar vueltas, pero no refresca. Las sábanas de mi cama huelen a lavanda y detesto ese aroma. Me recuerda a mi abuela materna, que solía golpearme con una vara de madera bajo cualquier excusa.

Alex es mi compañero de departamento, un apuesto pintor nacido en Asturias, pero criado aquí en Madrid. Tiene un novio diferente cada noche, dice que los artistas no pueden enamorarse porque el amor cuando se vuelve exclusivo se vuelve prisionero.

Le platiqué la historia que me contaste del colibrí y le ha encantado. Después de enseñarle una foto tuya, se le ha ocurrido una idea para uno de sus cuadros

y me ha dicho que justo así, igual que un colibrí, él no puede vivir en cautiverio.
¡Saludos a todos por allá!

Te extraña y adora...

Carmina L.

Carmina había conseguido empleo como barista en la cafetería que estaba en la esquina de la calle donde vivía. En las noches lloraba porque se preguntaba si cruzar el mundo para seguir a Aranza valía la pena. Pasó las primeras dos semanas llamándole todos los días, rogándole que se reunieran, pero Aranza se negaba diciendo que lo mejor era terminar.

Tocaron la puerta y Álex abrió.

—Buenas tardes, ¿se encuentra Carmina? —preguntó Aranza.

—Adelante, debes ser Aranza —la invitó a pasar al departamento—. He convencido a la mexicana de salir con un tío buenísimo. Esa chica tiene que disfrutar de los placeres madrileños, anda por ahí muy solitaria.

Aranza se quedó con su egoísmo atorado en la garganta. Carmina jamás había hecho el amor con un hombre y de sólo imaginarla entregándole su cuerpo a alguien, la rabia se apoderaba de ella. De pronto tuvo miedo de que Carmina pudiera dejar de amarla.

Mientras que en el mostrador de la cafetería Carmina atendía unos clientes, Aranza entró al lugar con una mirada furiosa.

—Necesito hablar contigo.

—Estoy trabajando, ahora no puedo.

—Claro que puedes.

Carmina le pidió permiso a su supervisor de salir un momento. En la calle, afuera de la cafetería, discutieron.

—Dices que vienes por mí y en la primera oportunidad te vas con el primer español que se te cruza.

—Decidiste no verme desde el día que llegué. Tú duermes junto a Jasper cada noche y yo jamás te he pedido nada. Ni que lo dejes ni que seas sólo mía. Yo estuve dispuesta a conformarme con lo que quisieras dar, con el amor y el tiempo que te sobra.

—¿Y ya no? —le preguntó Aranza con los ojos inundados de lágrimas.

—No —Carmina se dio la media vuelta y regresó al trabajo. Se encerró en el baño a secarse las lágrimas. La amaba y temía a ese amor desmedido. Si Aranza volvía no podría decirle que no, así que le suplicó a Dios que ella ya no regresara.

—¿Qué haces aquí? —preguntó Carmina.

Aranza estaba sentada en el pórtico del edificio de Carmina, con una rosa roja en la mano.

—Pidiéndote perdón. Nunca pensé que te atrevieras a venir hasta acá por mí y cuando lo hiciste no supe qué hacer. Carmina, yo te amo, pero necesito tiempo para resolver esto con Jasper. **Sé que no puedo prometerte nada hoy, tampoco quiero perderte.**

—Yo tampoco imaginé que vendría, pero aquí estoy…

Se abrazaron tan fuerte, decididas a no renunciar todavía.

Ya lo dijo Joaquín Sabina: *"Porque el amor cuando no muere mata, porque amores que matan nunca mueren"*.

¿Y cómo amar de otra manera si así nos enseñaron? Pero no es el amor, somos los amantes que lo convertimos en una droga capaz de hacernos perder los estribos y a la que nos volvemos adictos.

Nos hemos convencido de que el amor es pasión y locura desmedida, darlo y perderlo todo, que amar así es estar vivo.

19

Henry y su nuevo novio decidieron festejar su primer aniversario en un club de bailarinas. Convencí a Naima, que se negaba a ir.

Las luces de neón hacían que mi vestido resplandeciera fluorescente. Nos sentamos en una mesa cerca de la pista de baile y pedimos una ronda de cervezas.

Deslizándose sensualmente de cabeza por el tubo al ritmo de "Don't Cry" de Guns N' Roses, la chica que anunciaban como Canela y que al vernos sonrió con una melancolía que me conmovió era Salomé.

Al concluir su rutina se acercó a nuestra mesa:

—Les invito otra ronda —ordenó al mesero.

—¡Tanto tiempo sin saber de ti! —dijo Henry totalmente estupefacto.

—Quería irme un tiempo y ahora no quiero volver. Aquí la vida es dura, pero me he acostumbrado y estoy feliz.

—Si tú te sientes bien lo demás no importa —la apoyó Naima, quien fue por mucho tiempo su mejor amiga y ahora no quería dejar de serlo.

—Lo estoy —aseguró Salomé, que llevaba escasa ropa, la caballera alborotada y la piel bronceada—. Tengo que volver al trabajo.

—¿Podremos reunirnos algún día? —le pregunté.

—No, eso ya no puede ser —sonrió—, pero pidan lo que quieran, esta noche invito yo.

Encontrarnos con Salomé me hizo pensar en todas las personas que llegan a nuestra vida y se van, jamás se puede retener a quien ya no quiere ser parte. Nos despedimos de Salomé porque así ella lo quiso, Naima no lo dijo, pero su mirada guardaba la tristeza de perder a alguien que amaba.

1 de septiembre de 1996

Querida Romina:
¿Alguna vez has estado en una habitación repleta de gente sintiéndote sola?

Así me he sentido últimamente.

Cada tarde de todos los martes, encerrada en la habitación con Aranza, llenándonos de caricias... A ella le fascinan las velas con aroma a lavanda y yo no me atrevo a decirle lo mucho que odio ese olor.

Alex es un compañero de piso monísimo, me alegra el día con sus ocurrencias. Pero al llegar la noche, cuando estoy sola en la cama, me siento vacía, y a veces tengo miedo y no sé de qué.

Los extraño tanto a todos, hasta me acuerdo de la fastidiosa Martha Yareli.

Te adoro,

Carmina L.

España fue para Carmina una temporada de excesos en todos los aspectos.

Por primera vez tuvo sexo con un hombre. Y aunque la primera vez no fue ni grata ni placentera, conforme pasaban los encuentros comenzaba a disfrutarlo, aunque en su mente siempre estaba presente Aranza.

Se preguntaba si era posible dividir el alma y el cuerpo.

Si el aceite se separa del agua, ¿por qué no separar el sexo del amor?

El español le provocaba orgasmos, pero no distinguía si eran consecuencia del exceso de alcohol y de esas pastillitas de colores que la ponían en un éxtasis total o de un placer que verdaderamente se daba oportunidad de disfrutar.

Una copa de ajenjo con el café en la mañana, dos copas de vino tinto durante la comida, un Licor 43 con el expreso de las seis de la tarde, y los viernes, dos pastillas de colores para animarse en las fiestas.

Ese viernes estaba tan excitada que el tío buenísimo la besaba como si el mundo se fuera a acabar. Ella sobre él en una mecedora, en el patio frontal de la casa. Eran alrededor de las cuatro de la madrugada, los demás amigos estaban igual de drogados que ellos, la música a todo volumen, otros amantes comiéndose a besos en algún rincón. Algunos bailando por ahí, dejándose llevar por la música. Él levantó su blusa, con una mano desabrochó su brasier de encaje rosa y besó sus pechos, hasta que todo su cuerpo le pidió tenerlo adentro. Hicieron el amor. En el sillón de al lado, otra pareja fornicaba completamente desnuda.

Llegó el martes.

Preparó la tina para un baño de burbujas y encendió las velas que a Aranza le encantaban.

El teléfono timbró.

—No podré ir, Jasper está en casa.

—Entiendo.

—Prometo compensarte.

—No te preocupes —se aguantó las lágrimas. Colgó el teléfono **y se preguntó si ésa era la vida que quería. No ser la prioridad de alguien.** Llegó al punto en que la tranquilidad y felicidad de Aranza era lo único que importaba. ¿Y dónde quedaba ella? Se tomó una pastilla para dormir y se metió en la cama sin poder sacar a Aranza de sus pensamientos.

Unas semanas después recibí otra carta de Carmina que no distaba de las demás. Seguía en sus agitadas fiestas, sus martes con Aranza y el tío buenísimo que la hacía divertir, del cual nunca supe su nombre.

En respuesta, le sugerí que en la cuestión de las pastillas debía poner sus límites, antes de que se saliera de control. Le conté de nuestro reencuentro con Salomé y también de mi reciente e incómodo encuentro con Nicolás:

Estábamos en un hotel de paso, en la carretera rumbo a Cholula, él iba a viajar por un mes a Indonesia y quería verme antes de partir.

Sus constantes apariciones y desapariciones me confundían. Entendía la frustración de Carmina, porque yo tampoco era en la vida de Nicolás su prioridad.

Todo eso me daba vueltas en la cabeza. Mientras me hacía el amor, me quedé inmóvil…

—¿Qué pasa?

—No lo sé.

Se apartó de mí…

—¿Estás bien?

—No.

Me interrogó sobre mi actitud, pero yo no era capaz de describir lo que me ocurría. Mi corazón y mi cuerpo estaban cansados de acudir a él cada vez que me necesitaba. En aquellos momentos de soledad que yo quería acurrucarme en sus brazos, él no estaba presente. **No pude explicarle que el amor que sentía por él era tan grande que me hacía pedazos el alma.**

Lo besé despacio, le pedí seguir, le rogué que me hiciera el amor. Él sólo me alejó y me miró decepcionado.

—Mejor vámonos.

Habíamos cambiado tanto en los últimos años, que lo desconocía más que nunca, tanto como me desconocía a mí misma.

Otra carta de Carmina bajo mi puerta.

26 de septiembre de 1996

Querida Romina:

Me estoy volviendo loca y es por culpa de esa mujer. No va a dejar a Jasper, lo sé, ellos tienen su historia, de ésas que pesan más que una vaca. Entonces le pido que se aleje y me deje vivir, pero para ella parece que no tengo derecho a ser feliz, sigue presente, tan egoísta como siempre y yo sigo permitiéndolo.

Él tío buenísimo, pues, me ha dejado. Alex me ha dicho que fue mi culpa y tiene razón. Digo, él no es lo que busco, pero si miro hacia dentro, en realidad no sé lo que quiero.

Tu siempre amiga,

Carmina L.

28 de septiembre de 1996

Querida Carmina:

No tengo nada qué decir, sólo que te entiendo. Al igual que tú, ya no sé quién soy, ni quién quiero ser y estoy muy lejos de quien fui.

Y aunque a veces me falla la memoria, todo lo vivido sigue ahí imborrable, tantos errores, tantas desilusiones y tanta confusión. La más mínima chispa me enciende el recuerdo.

Y entonces, en este recuento, he llegado al punto en que no sé cuándo me perdí. Amo a Nicolás, no quiero renunciar a él, pero tampoco puedo seguir.

Te quiere,

Romina Pármeno

20

El 30 de septiembre hubiera sido el cumpleaños veintinueve de Jocelyn. Decidimos festejarlo en el Luna Llena, casi para torturarnos por su ausencia. Y ahí estábamos Naima, Henry y yo, aguantándonos la tristeza y listos para echarnos encima todo el alcohol que el cuerpo pudiera resistir.

Como náufrago en el mar, aquel lugar me arrastraba en una ola de evocaciones, donde el presente se desvanecía silenciosamente hasta convertirse en pasado. Esas paredes nos vieron reír, llorar, cantar, bailar… Éramos tan jóvenes y encontramos en nuestras soledades una unión, fuimos una familia, pero ya de eso no quedaba nada, sólo recuerdos.

—¿Nos sentamos aquí? —preguntó Henry, con lo cual logró sacarme de mi enmudecimiento.

El bar estaba remodelado, con sillones más cómodos y un nuevo escenario. Tony tocaba con su banda. En cuanto tuvo oportunidad se acercó.

—Me da gusto saludarlos…

Pasaron las horas, pero en el bar eso no se percibe. De repente, ya el cielo se pintaba de naranja y tonos rojizos para dar paso a la alborada. Del bar nos fuimos directo al mercado El Alto. Amanecía, y el mariachi no dejaba de tocar y los tequilas no los dejaban de servir.

—¡Derecho! —gritaban al unísono y yo bebía uno más.

Tony nos acompañó en la rumba y cuando ya no pudo contener más el llanto, se soltó. Coreábamos abrazados "Que te vaya bonito" de José Alfredo Jiménez y lo acompañamos en su llanto, nos unía el mismo dolor.

Llegué a casa después de las ocho de la mañana, las campanas de las iglesias repicaban anunciando la misa.

A mediodía sonó el teléfono:

—¿Qué? —dije aún sintiéndome ebria.

—¿Estás bien, Romina? —era mi hermana.

—Sí, estoy bien ¿y tú, Sam?

—No.

En la vida es imposible quedarse estático. Las circunstancias cambian al igual que las prioridades.

En el caso de Samanta, ahora que tenía a Camila, el bienestar de la niña era lo único que le importaba. Santiago, por su parte, parecía ir en otra dirección muy lejos de ellas.

Todas las responsabilidades que implican tener un hijo resultaron para Santiago difíciles de llevar. No dejaba la fiesta y pasaba días sin llegar a la casa. Entonces Sam se armó de coraje y decidió darse un tiempo. Se mudó a un departamento y contrató a una niñera que cuidara de Camila, mientras ella trabajaba. Santiago veía a la niña una vez a la semana y aunque insistió en volver, Samanta decidió que, por el bienestar de Camila, lo mejor era ya no retroceder. Nada le indicaba que él iba a cambiar, así que consideró que no había necesidad de desgastar más la relación y convertir en rencor el amor que un día se tuvieron.

Le propuse que se mudara a Puebla, pero muy segura de sí misma, me dijo que ella ya tenía un camino y no podía huir. Además, no quería alejar a Camila de su padre, no podía negar que, a pesar del fracaso de su relación, Santiago era un padre amoroso.

Admiré su madurez y le dije cuánto la amaba.

—Gracias por escucharme, Romina, te amo demasiado —a lo lejos se escuchó el llanto de la niña—. Tengo que atender a Camila, después te llamo.

Nuestras vidas se habían convertido en una colección interminable de adioses. En España, Carmina preparaba las maletas. Ya era tiempo de volver a México.

Esperaba la llegada de Aranza para despedirse.

6:00 p. m.

6:15 p. m.

6:30 p. m.

7:00 p. m.

Desesperada porque Aranza no aparecía llamó a la aerolínea y canceló su vuelo.

A las 7:15 p. m. recibió la llamada de Aranza, que le pedía que cambiara su boleto para el día siguiente, ya que Jasper estaba en casa y le era imposible salir.

—De acuerdo —le respondió Carmina y se tumbó en el mueble de la sala.

Aranza no regresaría a México. Jasper consiguió un empleo en París y ella iría con él. Quería terminar con la mentira que tenía con Jasper, pero se decía a sí misma que no era el momento. El padre de Jasper acababa de fallecer, él necesitaba su apoyo para seguir con sus proyectos. Él la amaba, eso ella no lo dudaba y no se atrevía a romperle el corazón. ¡Si tan sólo Carmina fuera paciente!, un poco más de tiempo pedía Aranza en sus pensamientos.

Al día siguiente Jasper no se levantaba de la cama, Aranza lo movió para despertarlo.

—Ya es tarde, amor, ¿no irás al instituto?

—No, cielo, hoy tengo día libre, regresa a la cama, ¿sí? —desconectó la línea telefónica y volvió a su lado.

En el aeropuerto, Carmina llamaba a Aranza, pero el teléfono indicaba fuera de servicio. Le dolía en el alma, pero era lo mejor. La hubiese seguido a París, al cielo o al infierno, solamente por esos martes que la hacían tan feliz. Pero Aranza no se lo pidió.

NOVIEMBRE, 1996

De Nicolás esporádicamente recibía una llamada, una carta o una visita, siempre con una brevedad distante. Nuestra relación se había convertido en una ilusión, parecía que estábamos enamorados de personajes ficticios que nos habíamos inventado, pero jamás íbamos a tener la oportunidad de conocer a las personas reales que estaban detrás de esas máscaras, todo entre nosotros sólo era especulación.

Me puse la gabardina púrpura, me maquillé las ojeras para disimular el desvelo de una noche antes y lo esperé en una banca frente al Pasaje de La Alhóndiga. En las manos llevaba el libro *Demasiado amor* de Sara Sefchovich que compré esa misma tarde en un bazar de libros usados. Tenía en la primera página una dedicatoria con letra cursiva y tinta negra muy intensa: **"Te amaré por siempre, inclusive cuando ya no estés".**

Un anciano que vestía un traje gris y un peculiar sombrero, se acercó, de la maleta que arrastraba sacó una marioneta de tez negra, que vestía igual que él.

—¿Me permite bailar una pieza? —me preguntó la marioneta—. Soy Rafael.

A pesar de la resaca, sonreí.

—Adelante —autoricé.

El frío ligero parecía ignorar que era primavera y no invierno, la tristeza se sentía en el aire. El anciano tocaba la armónica con una mano y con la otra dirigía la danza de Rafael.

Nicolás bajó de un taxi cuando Rafael hacía una reverencia y se quitaba el sombrero, para recibir su propina. El titiritero se alejó y Nicolás se sentó junto a mí. No nos dijimos nada por unos instantes, hasta que él rompió el silencio.

—Te ves cansada.

—Anoche salí a bailar con Henry y su novio.

Me hizo uno de sus gestos de desaprobación y no comentó más.

La luna brillaba enorme en un cielo en el que las estrellas se escondían. Caminamos hasta llegar a la Avenida 9 Poniente. Nos paramos en la entrada de la pensión y me abrazó. Me dio un paternal beso en la frente, de ésos que él solía darme.

—Ya no volveré, Romina.

No pregunté razón. Me quedé inmóvil frente a él, guardando la rabia adentro.

—Tendré un bebé. Tú, Romina —continuó—, no sabes a dónde vas y sigues atrapada en tus problemas existenciales. Yo hubiese renunciado a todo, Romina, yo te amo. Pero eres tú quien no está segura de lo que quiere.

Nunca sabré qué esperaba él que yo dijera. No encontré palabras que describieran mi dolor y aunque en algo de su argumento tenía razón, ¿cómo se atrevía a reprocharme? No iba a sentirme culpable cuando él fue quien se inventó en mí un escape. **Al final él llegaba a su núcleo seguro, mientras yo pasaba las madrugadas frías sola.** No compartimos nunca ni una Navidad, ni un cumpleaños, no teníamos fecha de aniversario. Una vez tuvo la oportunidad de dejarla, sin embargo, regresó con ella. Nunca pedí nada que no pudiera dar, así que si alguien quedaba debiendo algo era él.

—Me tengo que ir, Romina —caminó hasta desaparecer de mi vista.

Un llanto incontenible se apoderó de mí. No encontré fuerzas para subir a mi habitación. Me tumbé al pie de las escaleras frente a la fuente de querubines siempre en sequía, con el corazón hecho pedazos. Fui sólo un castillo en la arena derribado por el mar.

21

El año de 1997 trajo consigo aires de desolación. Nora enfermó gravemente, una de sus sobrinas vino a cuidarla, pero yo sabía que a ella le hacía mucha falta Anastasia. Me atreví a escribirle muchas cartas a la, ahora llamada, Georgina León. Cartas de las cuales no obtenía respuesta. Hasta aquel verano que fui sumamente entrometida.

16 de agosto de 1997

Querida Georgina:
Me atrevo a llamarte Anastasia por ser éste el nombre que tu madre eligió para ti, en honor a tu abuela, a quien tu madre adoró y sigue adorando. Así que me atrevo a empezar de nuevo esta carta.

Querida Anastasia:
Te preguntarás quién soy yo. De antemano te digo que no soy nadie, pero por el cariño que le tengo a Nora, todos estos años que llevo de conocerla, sé que no me equivoco al decir que es una buena mujer, a la cual le escribieron el destino sin dejarla decidir libremente.

Junto con esta carta te llegará una caja de madera. Éste es un tesoro para tu madre y es el motivo por el que tu padre decidió quitarse la vida. Encontrarás las cartas de amor que Jacinto le escribió a tu madre por todo un año. Hasta que ella decidida, le pidió que no la buscara más. Jacinto respetó esa decisión hasta enterarse que tu madre quedó viuda, pero Nora volvió a despreciarle. No quería el amor de un hombre ni la fortuna que había heredado de tu padre. Ella sólo te quería a ti, pero tú decidiste no volver...

Pasó años enferma, en sanatorios, hasta que poco a poco fue recuperando las fuerzas. Lo que la mantuvo viva todos estos años fue la esperanza de que tú un día la perdonaras.

Yo no sé si Nora fue víctima de este destino, si es realmente merecedora de tu desprecio; yo no lo sé, pero te entiendo, Anastasia. Por años le he reprochado a mi madre sus malas decisiones y no he encontrado la manera de perdonarla. Los hijos a veces podemos ser los críticos y verdugos más crueles para nuestros padres. Pero te digo ahora que lo comprendo, que no vale la pena vivir con este resentimiento en el corazón.

Yo, al igual que tú, he decidido una vida huérfana, donde nadie dependa de mí y yo no dependa de nadie, porque así en soledad todo duele un poco menos.

Ahora tu madre está muy enferma y no te pido que la perdones como un gesto de limosna, sino que lo hagas con el corazón.

Con cariño,

Romina

Una noche de ese verano el aire soplaba cual caricia cálida que se desliza lentamente. Muchos automóviles estaban estacionados en la Avenida 9 Poniente.

El portón de la pensión estaba abierto de par en par.

La luna llena y roja brillaba enorme en el cielo. Justo debajo, la fuente estaba encendida; y de los jarros que los querubines tenían en las manos, brotaban chorros de agua que hacían una linda melodía. Mucha gente que no conocía estaba en el patio, platicando con algunos de los otros inquilinos. Las sobrinas de Nora servían bebidas a todos los invitados.

—¿Qué pasa? —pregunté al entrar a la casona.

—Ha vuelto Anastasia.

Subí las escaleras, incrédula. La habitación de Nora tenía la puerta abierta, me asomé y mis ojos, llenos de emoción y lágrimas, miraron a Georgina que cantaba una canción de Agustín Lara para Nora. Ella, ya casi ciega, le acariciaba amorosamente el rostro a su hija.

En Navidad de ese año Nora murió. Pero llena de dicha, por haber disfrutado los últimos días de su vida junto a su hija.

NOVIEMBRE, 1998

El dolor es una de esas cosas en la vida que, cuando se mete debajo de la piel y ya ha causado tantos estragos, llega un momento en que su efecto se va desvaneciendo. No es que deje de importar o se haya echado al olvido, simplemente te haces fuerte y aprendes a vivir con él.

Guardé por años la esperanza de que él regresara, hasta ese día, pero desperté de aquel sueño y me di cuenta de que esta vez, Nicolás Zamora jamás volvería.

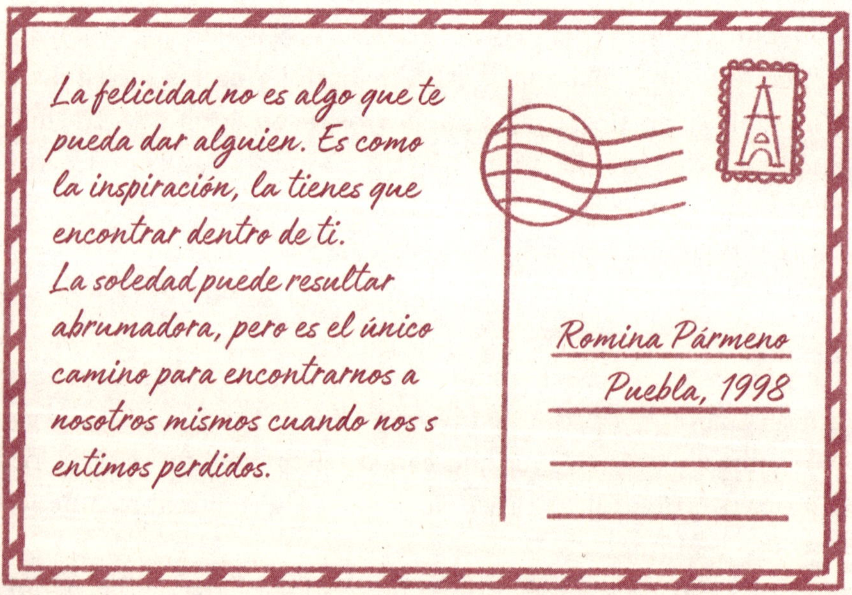

22

El sol entró sigilosamente por el tragaluz, anunciando un nuevo día e impregnando de luz la habitación. La ventana frente a mi cama estaba entreabierta y las cortinas blancas se agitaban sutilmente con el aire que soplaba.

Me paré de la cama, el suelo estaba frío, busqué inmediatamente mis pantuflas.

Mi departamento estaba en el último piso de un condominio en Lindavista, con una estancia de muebles color caramelo, una cocina equipada y una habitación destinada para Samanta y Camila, que no me visitaban tan seguido como yo deseaba.

Puse la tetera en la estufa y prendí la radio. Arranqué la página del calendario que correspondía: 1 de julio de 1999. Ya tenía veintiocho años de edad, sobre mis hombros caía mi cabello recién teñido de castaño. Me recargué en la barra de la cocina, con el periódico entre las manos. Tomaba un té caliente de frutos rojos y en la radio sonaba Jarabe de Palo. La vida me había llevado al D.F. Dejé el casino para administrar una panadería gourmet en Lomas de Chapultepec. Apenas llegué a la ciudad conocí a Dante, un doctor de cuarenta años, dos veces divorciado, era una persona seria, inteligente, comprometido con su trabajo. Quizá eso me atrajo de él, sentía que no requería de todo mi amor, ni de todo mi tiempo.

La panadería cerraba a las 9:00 p. m. Caminaba por el Paseo de la Reforma todas las noches, hasta llegar a la estación del metro Auditorio. Transbordaba a la Línea 6 con dirección Martín Carrera y bajaba en Lindavista. A unas cuadras de ahí estaba mi departamento. Revisé en el buzón y encontré la invitación para la boda de Naima y una carta de Carmina. Subí corriendo las escaleras, llevaba un tiempo sin saber de ella. Me serví una copa de vino tinto y me acomodé en el sofá. Abrí la carta y al terminar de leerla, oprimí el papel contra mi pecho.

2 de junio de 1999

Querida Romina:

Primero, quiero disculparme por no haber respondido tus últimas cartas. Ha sido un año difícil para mí.

Le dicto estas líneas a mi hermana Patricia. La he convencido de venir a la Plaza de la Concordia, frente a nosotras la hermosa Fuente Hittorff. El cielo ennegrecido es una noche fría y más para mí, en esta silla de ruedas. Sin embargo, la luz que hay en París y que jamás la he visto en otro lado, me hace suspirar con romanticismo. Justo aquí, donde estoy, es mi lugar favorito. Desde aquí se mira el Obelisco de Luxor y la Torre Eiffel y yo me siento diminuta ante estos monumentos.

Perseguí todos estos años a Aranza, enamorada y tal vez un poco obsesionada con la esperanza de que un día viviéramos un amor libre. Durante el tiempo que pasamos en España nuestro amor fue vertiginoso, sin embargo, desde el día que tomé la decisión de renunciar a todo sólo por estar junto a ella, he sido tan feliz a nuestra manera.

Y justo cuando creía que todo tomaba su curso, mi vida se fue desmoronando.

Desde el año pasado comencé a bajar de peso, a sentirme mal, a veces no podía ni pararme del dolor abdominal, sentía que me faltaba el aliento. Después de una serie de estudios y una laparoscopía, el diagnóstico ha sido eminente: cáncer de páncreas avanzado.

La abandoné justo cuando por fin se presentó en mi casa con las maletas. Habían pasado meses desde que hicimos por última vez el amor y yo jamás volví a llamarle. Patricia fingió ser mi nueva novia y le pidió que se fuera porque yo ya no quería verla. La realidad es que yo estaba postrada en la cama, sin poder siquiera levantarme. En la grabadora, por semanas, Aranza dejó mensajes envuelta en llanto, pidiéndome perdón por tenerme todo este tiempo en segundo término, rogándome que volviera, que dejaría a Jasper para siempre. Pero yo no quería hacerle daño. Le escribí una carta explicándole mis motivos y mi enfermedad, y pidiéndole que se decidiera a hacer lo que quisiera en la vida, sin miedo a estar sola. Pero no me atreví a enviársela. Sé que está mal alejarme así, pero la conozco y sé lo débil que es. Con esta decepción, quizás le rompa el corazón, pero logrará recuperarse. Probablemente te parezca egoísta de mi parte decidir por ella, pero Aranza no podrá con ésto, la conozco muy bien. He decidido regresar a

Huamantla, como el hijo pródigo. Quiero oler ese aroma que se impregna en la casa cada vez que cocina mamá. Escuchar reír a mis sobrinos, a papá tocar la armónica sentado en la mecedora, con el pulgoso perro Don a sus pies. Quiero ver a mi hermana Dolores embarazada por quinta vez y a mis cuñados jugando con mis hermanos dominó los domingos en la tarde, mientras beben cerveza y pulque.

Me queda poco tiempo, lo sé, pero hasta me resulta una bendición saber que mi vida se esfuma y que todo lo vivido ha valido la pena. Que hasta los fracasos y las tristezas le han dado sentido a mi existencia. He amado y me han amado, y ahora tengo muy claro que la vida no se mide en larga ni corta, sino en no quedarse con las ganas de nada.

Yo sólo quiero decirte, querida Romina, que te has convertido en una hermana y que deseo que la vida te siga llenando de bendiciones. Gracias por escucharme, por ser parte de mi historia y haber recorrido este camino conmigo.

Te quiere,

Carmina L.

En cuanto Carmina llegó de París, Naima, Henry y yo tomamos un autobús rumbo a Huamantla. Nos hospedamos en un pequeño hostal y pasamos toda una semana con ella.

La casa de sus padres estaba en una de las calles principales de Huamantla. Al llegar ahí, la reja estaba abierta de par en par para entrar al zaguán. Tenía muchas macetas verdes desde el pasillo hasta el patio principal. El piso era de mosaico blanco y negro, por todos lados había juguetes desordenados. En una esquina techada, se veía una acogedora sala de patio, de madera rústica, y un par de mecedoras. Patricia nos recibió e invitó a pasar adentro. En un sofá estaba Carmina, con los ojos amarillentos, el cabello rapado y flaca hasta los huesos.

Nunca olvidaré la manera en que sonrió al vernos. Tan llena de alegría y de sorpresa.

—No esperaba tener la oportunidad de verlos de nuevo. ¡Gracias por venir!

La tomé de la mano y le dije:

—Eres nuestra hermana, estamos aquí contigo —el nudo en la garganta fue inevitable.

Quisimos llenar nuestro encuentro con anécdotas y carcajadas, olvidándonos de las tristezas, porque Carmina así lo quería.

Entre ratos nos topábamos con su madre llorando en la cocina. La abrazábamos… Ella se secaba las lágrimas y volvía como si nada junto a su hija. Era una mujer fuerte, como mi amiga.

Carmina fue la menor de cinco hermanos. Independiente desde pequeña, a diferencia de sus hermanos, que llevaban una vida tranquila en aquel mágico pueblito. Ella no quiso seguir ese estereotipo y, a pesar de haberse ido desde muy joven, siempre fue muy apegada a su familia. Su madre siempre respetó sus decisiones y le brindó su apoyo en todo momento. Su padre, un hombre templado y de pocas palabras, parecía no enterarse de lo que sucedía a su alrededor, sin embargo, sabía más de lo que todos imaginaban. Cuando él abrazaba a Carmina, ella posaba la cabeza en sus hombros, mientras en la armónica él tocaba una suave canción. Sus dos hermanos gemelos, Juan y Manuel, eran los primogénitos. Un par de cabrones bien hechos, de ésos que en la Huamantlada eran los primeros en aventarse a los toros. Se paraban todos los días a las cuatro de la mañana para atender la carnicería que fundó su padre hacía más de cincuenta años y en las tardes, merecidamente, se bebían unos pulques mientras veían el televisor.

Era una de esas casas en donde hay que turnarse para comer, porque no entran todos en el comedor. Donde todos hablan al mismo tiempo, donde sólo hay un televisor y donde se consigue el silencio después de medianoche, ya cuando todos duermen.

La familia se componía de dos hijos, tres hijas, nueve nietos y uno más en camino, dos yernos, dos nueras, un perro, dos gatos y un perico que no dejaba de decir groserías. Ésa era la familia de don Juan Manuel y doña Liduvina.

Ayudamos a pintar el cuarto que sería sólo para Carmina. Ella escogió un rosa mexicano, pero su madre sugirió un rosa más suave. El resultado no le gusto a Carmina y volvimos a pintarlo esta vez del color que ella quería. En su cuarto, el balcón daba a la calle. Desde ahí le gritábamos al vendedor de muéganos y los comíamos con el chocolate espumoso que preparaba su madre. Carmina no podía comer con nosotros, pues el doctor le prohibía esos alimentos. Con su dedo meñique tocaba el muégano y la espuma del chocolate, después colocaba su dedo en los labios y con su lengua saboreaba. Nos reíamos de sus ocurrencias, hasta que el ruido se disolvía, inundando de silencio la habitación. En la pared, frente a su cama, la Torre Eiffel que pintó Henry nos alumbraba con los destellos de la serie de luces que colocó en la silueta. Comenzaba a oscurecer afuera y todo el pueblo ya estaba listo para la "Noche que nadie duerme".

Los faros iluminaban las estrechas calles, de las cuales colgaban de lado a lado banderines blancos y azules. El suelo estaba tapizado por alfombras de aserrín de colores, con motivos religiosos y flores. La multitud esperaba. El repicar de las campanas y el estallido de la pirotecnia, anunciaron el inicio de la procesión. La venerada Virgen de la Caridad era paseada en su carro alegórico, seguida por sus fieles entre oraciones y cánticos. Los jovencitos soltaron los globos que llevaban en la mano. Al terminar la peregrinación, ya en la madrugada, la virgen regresó a su nicho en la iglesia, mientras que los devotos cantaban "Las mañanitas". Entonces se realizó la eucaristía, entre las plegarias y los cánticos. El atrio de la iglesia estaba igualmente adornado por hermosas alfombras de aserrín con las imágenes religiosas. La rondalla no paraba, porque esa noche, en Huamantla nadie duerme.

La reja del zaguán de la casa de Carmina se abría esa noche por completo, para recibir a los visitantes. Se vendía champurrado y tamales.

Naima estaba sentada en la cama junto a Carmina. Henry y yo nos asomamos al balcón.

—Deberían bajar —insistió Carmina.

Pero decidimos pasar toda la noche con ella.

En la calle caminaba una pareja que llamó mi atención.

—¡Ey, mira! —gritó el chico pelirrojo a la muchacha, que estaba a unos pasos de él. Ella tenía el cabello oscuro y largo, y llevaba una chamarra color caramelo. Sus cejas muy pobladas, una chica simple de quizás veinte años. Me vi en ella reflejada, aunque me pareció muy lejana aquella época, donde la ingenuidad aún me caracterizaba.

—¿Me vas a tomar una foto? —giró sobre sí, para encontrarse frente al chico.

—Es un video —le respondió él.

—¡Ah! —exclamó con una sonrisa. Se dio media vuelta y siguió caminando. Él corrió tras de ella, la tomó de la cintura y la comió a besos, mientras **ella reía como sólo ríen los enamorados bien correspondidos.**

Esa tarde almorzábamos con las hermanas de Carmina en la cocina. Sus padres estaban con ella en la habitación. En los últimos días los malestares eran constantes, no había medicina que pudiera calmar el dolor de Carmina, por toda la casa se escuchaban sus quejidos. Sus padres no querían separarse de su lado. El sacerdote del pueblo, a petición de la familia, le hizo la extremaunción. En la mañana le habían dado un baño con esponja. Al terminar, como siempre, su padre le daba un masaje en los pies con un aceite de eucalipto que él mismo preparaba.

En ese momento a Dolores se le rompió la fuente y nos alarmamos sin saber en qué ayudar.

—¡Ya viene el bebé! —gritaba.

Manuel, que iba llegando, la subió a la camioneta, mientras respiraba al ritmo de las contracciones. Patricia se fue con ellos.

Don Juan Manuel bajó las escaleras y se derrumbó en el suelo.

—¡Mi niña ya está con el Señor! —ésa fue la única vez que lo escuché hablar. Se ahogó en llanto. Su nieto de tres años se acercó y lo abrazó.

—La tía Carmina dice que va a un lugar feliz. ¡No llores, abuelito!

Con un dolor insoportable, su madre se aferraba al cuerpo inerte. Falleció ese 17 de agosto.

Nos encargamos de atender a la gente durante el velorio. Su padre estaba totalmente devastado. Su hija más pequeña se había ido. Y bien dicen que los padres no deben enterrar a los hijos.

Después del sepelio, nos despedimos de la familia Corona Escamilla, que tan amables nos acogieron durante la estancia y nos permitieron estar con nuestra querida amiga. Regresamos después a la misa del séptimo día y a la de los treinta. Y desde entonces, vamos cada año.

La hija de Dolores fue bautizada como Carmina Liduvina, igual que su tía.

23

A lo largo de mi vida, se han sumado en mi destino, almas que me han regalado un pedacito de sí mismas y me han convertido en una mejor persona.

Cada vez que doy un vistazo atrás, me doy cuenta de que, sin todo lo vivido, no sería posible ser la persona desnuda que hoy está frente a ese espejo, en el cual muchas veces me miré y me sentí tan desdichada.

Con el tiempo aprendí a ser paciente conmigo, a quererme, a respetarme y a aprender de mis errores.

Y en ésta, mi historia, hay gente que simplemente no quiso quedarse a seguir caminando conmigo, y otras que no pudieron.

Todos nacimos para morir, pero duele cuando alguien se adelanta. No obstante, queda la esperanza de volvernos a encontrar. Después de todo, nadie sabe qué sigue más allá. De esas personitas que hoy ya no están, me queda lo más valioso que tengo en la vida… mis recuerdos.

24

Todos tenemos un pasado y algunos dejan que éste defina sus vidas.

Aranza era una chica como cualquier otra de su edad, aparentemente, pero escondía la inseguridad que llevaba arrastrando toda su vida. Quedó huérfana de madre y padre a los dos años. Vivió con su abuela hasta que ésta enfermó de Alzheimer. Tenía seis años cuando llegó a vivir con su tía Eugenia, que después murió de cáncer. A los diecisiete años se quedó totalmente sola.

Era de noche. En el cielo apenas se dejaban ver algunas estrellas. Aranza estaba sentada en un escalón afuera del Templo de las Cinco Llagas, sumergida en su pena, cuando aquel joven, de ojos azules y cabello castaño, se le acercó y sin decir nada le dio un pañuelo. Se sentó junto a ella y la abrazó. Era Jasper. Desde entonces ella no supo cómo soltarse de él.

Octubre en París tiene sus días soleados, las tardes con vientos ligeros acompañados de lluvia y las noches frías, evidenciando la entrada del otoño.

Mi corazón me obligó a buscar a Aranza. Me hospedé en un hotel cerca de la Plaza de Tertre, un lugar de bohemios pintores y retratistas. Hogar de Picasso, Utrillo, Renoir, Manet, Van Gogh, Toulouse-Lautrec, entre otros y tantos que han pasado por ahí.

A media tarde, Aranza pasó por mí. En el vestíbulo del hotel, sutilmente se escuchaba "La Vie en Rose" de la gran

Edith Piaf. En su rostro era evidente que presentía que mi visita no traía buenas noticias, pero no quiso presionarme. Me invitó a tomar una copa en La Mère Catherine. Hay muchos lugares como éste por todo el mundo, pero ninguno se le iguala. Este restaurante está impregnado de historias. Con su fachada roja, las baldosas de terracota, el techo con vigas de madera, las mesas con manteles a cuadros rojos y blancos, las pinturas de óleo en la pared, la luz cálida y su música parisina. ¿Cuántas veces ha sido retratado? ¿A cuántos artistas y a cuántos soñadores ha visto pasar? ¿A cuántos amantes y a cuántos amores?

Apenas le dimos un bocado al crème brûlée. Intentamos platicar de nosotras; no encontraba las palabras para decirle que Carmina había fallecido. Hasta que el silencio se hizo presente y me atreví a romperlo:

—No puedo engañarte, mi visita no es casual, tiene una razón. Pero no me pidas que únicamente te lo diga y me vaya. Quiero que entiendas los motivos de Carmina. Lo mucho que ella te amaba y que respetes su decisión. Ella sólo quería lo mejor para ti y yo no soy quién para decidir si estuvo mal o bien.

—¿Por qué hablas en pasado? Como si ella ya no estuviera. —dijo con la voz entrecortada.

—Carmina tuvo cáncer, murió el 17 de agosto. Aranza, lo siento mucho.

Fue inevitable su abatimiento.

—Me faltó valor, siempre me voy a arrepentir de eso.

—No tiene caso. Las cosas sucedieron como debían suceder —tomé sus manos para mostrarle mi apoyo—. Ella te escribió esta carta antes de irse de París. Le entregué el sobre.

Al terminar de leer se secó las lágrimas.

—Ella siempre supo que yo era débil. He perdido tanto y me siento tan vacía y sin rumbo. Mi vida ha dependido de Jasper desde el día que lo encontré.

—Carmina me dijo una vez que la vida no se mide en larga ni corta sino en no quedarse con las ganas de nada. Tienes todo un camino por delante, ya deja de quedarte con las ganas, Aranza, **el mundo está allá afuera, es tuyo.**

Caminamos juntas un rato, llegamos a la estación Blanche del metro, la cual tenía un diseño de bóveda bidimensional, azulejos blancos que hacían que la luz se proyectara en todas direcciones. Aranza me dijo que por esa calle se transportó por mucho tiempo yeso proveniente de Montmartre y por eso se llama así, ya que todo el barrio se cubría de polvo blanco.

—A Carmina le encantaba saber la historia de los lugares por los que pasábamos. Ella siempre tenía algo que contar y yo a veces le decía que hablaba demasiado... Y ahora la extraño tanto.

Le di un abrazo largo, compartíamos la misma pena.

Transbordamos a la línea uno y llegamos a la avenida Campos Elíseos y recorrimos a pie los casi dos kilómetros que tiene. Desde el Arco del Triunfo hasta llegar a la Plaza de la Concordia. Antes de subir a la Torre Eiffel nos sentamos frente a la Fuente Hittorff.

—En las noches a Carmina le gustaba venir aquí.

—Lo sé, desde aquí me escribió su última carta —me quedé hipnotizada ante el paisaje que estaba frente a mí.

París de noche, la ciudad de la luz.

Cerré los ojos e inhalé lentamente el aire. Al exhalar y abrir los ojos, como en un sueño la presencia de Jocelyn y Carmina me acompañaban sentadas a mi lado, sonrieron hasta desvanecerse tal cual humo y ceder su lugar a Nora y Arcadio, que me miraban dulcemente y me tomaron de las manos, como una señal de que me acompañarían toda la vida, sus siluetas caminaron en dirección a la fuente para convertirse en una luz que se elevó al cielo.

De repente una sensación de frío corrió por mi cuerpo. Una mano tocó mi hombro derecho, giré y **vi a mi madre serena y en paz, sonriéndome como nunca lo hizo en vida.**

En ese instante supe que mi corazón al fin la había perdonado.

25

Una tarde de sábado se ofició la boda de Naima en una hermosa hacienda de Atlixco. Un toldo blanco cubría el jardín. Las mesas estaban impecables con sus manteles largos y blancos; había copas de vino recién pulidas, flores por todos lados. En los centros de las mesas había tres recipientes de vidrio altos, dentro de ellos piedras pequeñas con flores rosas y cada uno con una vela flotante que encendieron los meseros al anochecer.

La ceremonia fue a unos metros del banquete en el mismo jardín. Un camino de pétalos blancos condujo a la novia al altar. Detrás, una cascada artificial engalanaba la postal.

Samanta y Camila que llegaron de vacaciones, nos acompañaron en la fiesta. Mi sobrina ya tenía cuatro años. Una niña hermosa, de ésas que conversan como si fueran adultos. Dante estaba embobado con ella, ya que él sólo tuvo hijos varones: dos en el primer matrimonio y uno en el segundo.

En la pista de baile, el suelo era de duela de madera. Un grupo de músicos de salsa ambientaron hasta las tres de la mañana.

Samanta se retiró con la niña en brazos ya dormida, Henry la acompañó. Dejándonos a Dante y a mí en la mesa vacía.

—Bailemos ésa —le supliqué cuando comenzaron a cantar "Te busco" de Celia Cruz. Él se hincó y de la bolsa de su pantalón sacó una cajita negra, la abrió despacio:

—¡Cásate conmigo!

Nuestra relación funcionaba sin prisa, sin forzar nada, sin expectativas de dar un siguiente paso. De mi parte así era y llegué a creer que él quería lo mismo que yo, después de sus dos matrimonios fallidos.

—Nunca hemos hablado de esto. Lo siento —cerré la caja y lo jalé para que se incorporara. Nos paramos frente a frente.

—¿No quieres casarte? ¿Formar una familia?

—No estoy segura.

En vísperas de Navidad estaba de nuevo sola.
Pero a la soledad ya estaba acostumbrada.

Puse una película en la videocasetera, destapé una botella de shiraz y me quedé dormida en el sofá antes de las diez de la noche, con la televisión prendida.

26

A veces volver es necesario para desatar los nudos
y así liberarnos de las ataduras del pasado.

Una década atrás me había ido de Tierra Blanca y ya era el momento de resolver la situación de la propiedad. Mi hermana Samanta me acompañó en este viaje, donde el pasado nos golpeó, al poner el primer pie en el suelo en el que crecimos.

Encontramos la casa que fue de mamá con los cristales de las ventanas rotos. La puerta rechinó cuando la abrí. Telarañas colgaban del techo, olía a humedad, la vitrina y los sofás seguían cubiertos con bolsas de plástico llenas de polvo. Una rata pasó por los pies de Camila y la hizo gritar. Hicimos los trámites correspondientes y ese mismo año vendimos la casa. Sumamos a ese dinero nuestros ahorros y pusimos un café bar en la Zona Rosa de la Ciudad de México. Samanta seguía viviendo en Cabo San Lucas, no quería alejar a Santiago de la niña, y además allá tenía una vida hecha. Conseguí un local en la calle Génova, que requería algunas modificaciones. Contratamos a un arquitecto que se haría cargo del proyecto. Así conocí a René.

Pasábamos las horas hablando de madera, colores de pinturas y los muebles más adecuados para el concepto. El tipo me resultaba atractivo. Era alto, tez morena, ojos cafés, con un gesto amable en el rostro.

—Hoy hay una reunión en mi casa, ¿quieres acompañarme? —me dijo mientras enrollaba los planos.

—Estoy un poco cansada.

—Si te animas a ir, ahí estaré —anotó la dirección en un pedazo de papel.

Los últimos años me alejé de las fiestas sin proponérmelo. Simplemente prefería quedarme en casa, preparar algo de cenar y escoger un buen libro. También cambié el vodka por el bourbon en las rocas. Pero esa noche me animé a ir a la reunión con René.

Me di una ducha con agua tibia y me unté crema corporal de almendras. Me puse un sencillo vestido rojo, el cabello lo llevaba negro otra vez, corto a la altura de los hombros. Lo dejé suelto y lo peiné de lado, acomodándome los mechones detrás de la oreja.

Toqué la puerta.

—¿Romina? —exclamó en tono de pregunta el chico que abrió. Tenía una barba abundante, era de mi misma estatura, bien parecido, quizás de treinta y pocos.

—Sí.

—¡Mucho gusto! Soy Esteban, René me ha platicado de ti y dijo que vendrías.

Poco pude hablar con René, quien me sonreía desde el otro lado de la sala. Junto a mí, Esteban no paraba de conversar, haciéndome reír con sus ocurrencias. Inevitablemente bebí Jack Daniel's, un trago tras otro, hasta pasar de la euforia a la falta de memoria.

Desperté a las cuatro de la madrugada no en mi habitación, no en mi cama, no en mi departamento, y maldije ese instante. Sigilosamente me vestí y recogí mi bolso.

Planeaba huir, cuando casi en tono infantil, Esteban me rogó:

—Vuelve a la cama, no te vayas…

En la inauguración del café bar La Ruleta Loca, como le llamamos al local, René estuvo durante el brindis, pero se retiró al poco rato, ya que viajaba por cuestiones de trabajo. Camila acabó con los muffins de plátano. Samanta y su novio anunciaron boda. Y para no terminar con las sorpresas, Naima compartió la noticia de que esperaba bebé.

Se juntaron las buenas nuevas. Henry me acompañó a fumar un cigarrillo afuera. Un mensaje de texto llegó a mi móvil.

¿Celebramos en privado?

Sí, escribí de inmediato y pedí al mesero que me sirviera más bourbon.

La soledad en mi vida se volvió reconfortante. No estaba dispuesta a saltar del bungee sin cuerda.

Si la vida consiste en "plantar un árbol, escribir un libro y tener un hijo". Me dispuse a llevar la contraria.

No es que no me interesara, es que el destino me abrió caminos en los cuales ésas no eran mis opciones. Hice tregua con el universo y, sí, planté un árbol, escribí un diario, y de lo demás pedí permiso para brincármelo. Era feliz a pesar de las ausencias, la cama para mi sola, la paz que reinaba en casa, el tiempo que dedicaba para mí y mis tres Jack Daniel's antes de dormir.

Pero por más amigable que me resultaba la soledad, me aventó a los brazos de Esteban.

Mínimo dos noches de la semana, a veces tres, me quedaba en su casa. Él besándome la espalda y acariciándome el cabello.

Era muy dulce cuando nos encontrábamos solos. Casi olvidaba lo mucho que René me gustó desde el principio. Pero con René era imposible, viajaba constantemente por largas temporadas y jamás dio indicios de que yo le gustase. Aun así, me apenaba cuando algunas veces me veía salir a las seis de la mañana de la recámara de Esteban, ya que compartían la casa.

—Buen día —le decía y salía casi corriendo cuando me lo topaba.

Con Esteban no había reglas establecidas, pero fuimos definiendo los límites de la relación. Nunca nos tomamos la mano al caminar, pocas veces nos reuníamos con amigos y familiares. En ocasiones él iba a sus compromisos sociales y luego pasaba la noche en mi departamento. Otras veces yo hacía exactamente lo mismo.

Si alguien preguntaba nuestros planes a futuro decíamos al unísono: ¡Sin planes!

Jamás nos pusimos apodos bobos ni nos hicimos llamar novios. Nunca hablamos de fidelidad, era un acuerdo sin palabras. Yo no salía con nadie más y él tampoco. Así pasamos los dos años que salimos juntos; nos unía el placer de pasarla bien, pero nada más.

En mi cumpleaños treinta y dos organicé una reunión en La Ruleta Loca. Henry, que se mudó a la ciudad, asistió con su novio; Naima, que seguía viviendo en Puebla y se había embarazado por segunda ocasión, estaba un poco ausente en mi vida.

Esteban compartió champagne y después de cortar el pastel, se fue.

A punto de cerrar el café bar, René apareció con un ramo de flores color lavanda.

—Lo siento, voy llegando a la ciudad. ¡Feliz cumpleaños!

—¡Gracias, me alegra que vinieras!

—¿Y Esteban? —preguntó.

—Se fue, ya lo conoces.

—Nunca he entendido esa manera en que llevan su relación —opinó.

Para cambiar la conversación le pregunté del viaje:

—¿Y cómo salió todo?

—Me fue excelente. Me mudo a Nueva York en unos meses.

—¡Felicidades! —lo abracé e inmediatamente me aparté.

—¿Y si me invitas una copa de vino en tu departamento?

Asentí con un gesto.

—¡Hay que celebrar!

Hicimos el amor intensamente. René besaba sutil cada rincón de mi cuerpo. Me estremecí de placer con sus mordiscos en mi cuello, me sentó sobre él y daba jalones a mi cabello mientras devoraba a besos mis senos. Su cuerpo sudado se adhería al mío, como si fuéramos uno mismo. Jaló mis piernas para envolverse con ellas. Tras tantos besos y pasión, lo sentía cada vez más fuerte dentro de mí.

Con cada gemido que salía de mi boca, venía a mi mente un pensamiento: "Dios, no cabe duda de que esto tenía que haber sucedido".

No bebimos tanto para culpar de nuestras acciones al vino. Era algo que yo deseaba y él también. Lo traíamos contenido desde hace tiempo.

La vida es demasiado corta para perder el tiempo con las personas equivocadas.

A Esteban jamás le conté de lo sucedido con René, pero la realidad era que a Estaban ni lo amaba, ni me amaba, así que decidimos decir adiós. Con René no volví a coincidir, se fue a Nueva York sin despedirse y eso tampoco me importó.

La soledad apareció con un vaso de bourbon en las rocas y una canción de jazz.

Perder a un amante a esa edad ya no resultaba desgarrador.

27

5 DE ENERO DE 2010

Recibí un mensaje de texto de Camila, que ya era toda una adolescente y quien cada día se parecía más a su madre: si las cosas se salían de lo planeado un segundo, bastaba para que se desquiciase.

Camila: Tía, por Dios, llueve demasiado, apúrate, la reservación es a las nueve de la noche.

Fue mala elección viajar a Puebla con el cielo cayéndose a pedazos, pero no podía posponer la junta con el proveedor. Regresé al D.F. y andaba de prisa.

Samanta, con la ayuda de Camila, organizó una cena por mi cumpleaños, me visitaban en la ciudad y querían celebrar en la cantina Guadalupana, en Coyoacán, uno de nuestros barrios favoritos de la ciudad. Desde la primera vez que lo visité me sedujo, así como una vez lo hizo con Hernán Cortés. Me resultó imposible no enamorarme de su historia, de su cultura, de su arquitectura, de su magia, de sus plazas coloniales, de sus templos, de sus museos y de su folclor. Si Frida Kahlo amó el "lugar de los coyotes", yo no podía resistirme entonces.

Contesté a su mensaje:

Cariño, es imposible avanzar.

Camila: Pasaremos por ti a la terminal, avísanos cuando estés cerca. Escribió, ya un poco más prudente.

A las 8:00 p. m. llegué a la terminal de autobuses de pasajeros de Oriente, totalmente agotada, sin ánimos de festejar. Otro mensaje:

Camila: El tráfico es terrible, dice mamá que te esperamos en San Pedro de los Pinos.

Está bien. Confirmé.

Bajé las escaleras para entrar a la estación San Lázaro del metro. Las botas que llevaba puestas comenzaban a torturarme hinchándome los pies. Me alisé la gabardina y ajusté la bufanda, intentando verme presentable. La estación estaba repleta de gente; compré un boleto en la taquilla, me abrí paso y recorrí los pasillos siguiendo los letreros. Entre empujones logré entrar al vagón que se deslizó por las vías, aferrándome para no ser expulsada en cada parada. Así pasé por Candelaria, Merced, Pino Suárez, Isabel La Católica, hasta que Tacubaya, en letras grandes, apareció. Al abrirse las puertas salí a brincos y caminé rápido hasta la otra línea. Al llegar el vagón subí y ni siquiera tomé asiento, la siguiente estación era San Pedro de los Pinos, ese tris transcurrió con lentitud. Me sacó del trance un bip del móvil:

Camila: Estamos aquí.

Yo también.

Fue entonces que reparé dónde me encontraba y vi los trozos de mi corazón esparcidos en el suelo. Muchos años pasaron desde aquella ocasión, que por primera vez visité la Ciudad de México.

La melancolía, con ímpetu, me despojó dejándome desnuda el alma.

Inerme subí las escaleras. La tormenta no cedía, la gente iba y venía, quise mirar al cielo, pero la oscuridad no me lo permitió. La lluvia que caía con violencia me abrumó.

Intenté abrir el paraguas rojo, pero se atoró mientras caminaba hacia la calle. En un movimiento brusco y desesperado, al fin se abrió justo en el instante que choqué con un hombre de traje gris, que pretendía entrar a la estación. Mi paraguas y el de él fueron arrastrados por el viento, dejándonos vulnerables bajo la lluvia. Nuestras miradas se cruzaron y ahí se detuvo el tiempo.

Aquello era una realidad y no un sueño. Por años me pregunté: ¿Qué le diría si algún día me lo topara de nuevo? Nos reconocimos enseguida, pero no hubo palabras. Seguí mi camino y Nicolás Zamora, el suyo. Cuando varios metros de distancia nos separaban, giré, él hizo lo mismo. Nuestras miradas se cruzaron una vez más y quizás por última vez.

Amé a ese hombre irremediablemente. Lo amé como a nadie más. Pero en la vida hay historias que, aunque estén tatuadas en cada rincón de la piel, se han acabado y no queda más que continuar.

28

Eres el viento
aire
lágrima de luz
el camino y la llave
la cerradura secreta
mujer ave
mujer viento azul
eres el secreto que recorre las ramas
de los árboles en la montaña.
No naciste para caer
y si caes conviértete en ventisca
en tifón
en huracán
y vuela
vuela mujer de viento
mujer ave.

DANIEL GARCÍA RAMOS

Los últimos años transcurrieron con la tranquilidad del río que ha encontrado su cauce, aprendí a soltar todo aquello que alguna vez me impidió conciliar el sueño. Entonces puse todo mi amor, toda mi atención en el presente, en mí misma, en encontrar el camino de la sanación, sanar mi alma, sólo eso me importaba. Hacía yoga en las mañanas, algunas veces iba a nadar, iba a terapia al menos una vez al mes, dejé de tener miedo de hablar del pasado y escudriñar en él para encontrarme.

Logré convertirme en el colibrí que por fin ha encontrado su jardín, ese lugar que le pertenece.

Entendí que mis alas tienen el poder de brillar en la oscuridad y me dejé guiar por ellas.

Esa mañana de enero la lluvia era un llanto de niño que no se detiene, desde mi balcón veía la ciudad que nunca dormía, ni la peor de las tempestades podían apagar el bullicio de la urbe, el interminable ruido de los cláxones, la gente corría en todas direcciones.

Rentaba un departamento en el quinto piso en un edificio cerca de Bellas Artes. El café bar que tenía con mi hermana prosperaba y comenzaba a dejarlo más en manos de Vanessa, nuestra gerente. Deseaba hacer otro proyecto, tal vez empezar otro negocio, pero aún no tenía idea de qué. Pensaba en todo esto cuando timbró el teléfono.

—¡Feliz cumpleaños, querida tía, feliz cumpleaños…! —cantaban del otro lado del teléfono Camila, que pronto cumpliría dieciocho años, y su pequeña hermanita de apenas tres años.

Después de una breve charla con mis sobrinas le pasaron el teléfono a Samanta.

—¿Cómo te sientes, Colibrí? —preguntó

—¿De hacerme vieja?

—Te voy siguiendo, para allá voy también.

—Al final para allá vamos todos, ¿qué no? —bromeé.

—A estas loquillas aún les falta mucho —dijo refiriéndose a sus hijas.

—Tanto por vivir, seguro lo harán mejor que nosotras.

—Después de todo no lo hemos hecho tan mal, esto de existir.

—No, la verdad no, no lo hemos hecho nada mal —suspiré—. Me siento afortunada y feliz. Llegar a los cuarenta y tres años, me hace pensar en lo efímera que es la vida, como un beso de colibrí.

—Te entiendo, antes cumplir años daba miedo, ahora es un placer —dijo—. Te amo, Colibrí. Y nada me hace más feliz que saberte plena.

—Y yo te amo a ti, Sam, qué sería de mí sin ustedes.

Me despedí de mi hermana y colgué el teléfono. Puse la cafetera y caminé al escritorio, tomé la laptop.

El balcón era amplio, tenía un par de mullidos sillones, una mesita de centro y un par de macetas grandes. Me acurruqué en uno de los sillones con la laptop entre las manos, mientras la casa comenzaba a impregnarse de aroma a café. Chequé mi correo electrónico, había recibido una postal digital de Henry, se había mudado a Guadalajara ya que a su novio le ofrecieron una buena oferta laboral allá, casi no nos veíamos, pero siempre me hablaba por teléfono. Naima seguía viviendo en Puebla, también me mandó un email deseándome feliz cumpleaños y preguntando cuándo iría a visitarla, procuraba ir a Puebla seguido, decía que mis visitas eran un soplo de aire fresco ya que no lograba hacer nuevas amistades y siempre decía que Henry y yo éramos sus únicos amigos, que no la abandonáramos.

Navegué un rato en internet viendo banalidades, hasta que un anuncio de descuentos de viajes llamó mi atención. Le di clic. Chequé los destinos: Puerto Escondido era la primera oferta, la agregué al carrito y en menos de cinco minutos había finalizado la compra.

Enero, 2014

Eran las diez de la mañana cuando llegué a Puerto Escondido, la terminal de autobuses estaba repleta de turistas que llegaban y turistas que se iban. El sol entraba por los ventanales, inundaba la terminal con tal generosidad, como un abrazo caluroso de bienvenida y despedida.

Pedí un taxi en el sitio. Sólo llevaba una maleta pequeña, había planeado una estancia de sólo una semana. Reservé un pequeño búngalo en la playa principal.

Al bajar del taxi me esperaba una joven de tez morena, llevaba un short de mezclilla y una camiseta que dejaba al descubierto su cintura, sobre su espalda caía su cabello negro y alborotado.

—¿Romina? —preguntó.

—Mucho gusto. Romina —extendí la mano para saludarla, estrechó mi mano, me dio un beso en cada mejilla y un efusivo abrazo.

—¡Bienvenida! —exclamó— soy Tania, encantada de recibirte. Te muestro el búngalo, te va a encantar —aseguró.

La familia de Tania tenía una amplia propiedad cercada por una valla de madera, su casa estaba a escasos metros del búngalo en renta.

—Cualquier cosa que necesites no dudes en hacérmelo saber, Romina —dijo mientras abría la puerta principal.

El búngalo era de concreto con detalles de madera fina, una pequeña estancia, una cocina con utensilios básicos, una parrilla eléctrica y un frigobar. La recámara principal tenía un ropero de madera, una mesita, un espejo grande con una cama matrimonial muy alta, y un ventilador en el techo; dos grandes ventanas con cortinas casi transparentes y una puerta que daba al otro lado de la propiedad. Tania abrió la puerta para mostrarme el paisaje: la bahía preciosa a unos metros de distancia.

—¡Qué bello!

—Te dije que te iba a encantar, es pequeño pero la vista compensa todo.

—¡Me encanta! —exclamé.

Tania me entregó las llaves, me reiteró que no había restricción de horarios ni de visitas.

—El lugar es tuyo durante tus días de estancia —aseguró. Y antes de irse me recomendó un restaurante.

De vecinos teníamos otros hostales y hoteles. Aunque de día mucha gente recorría esas calles, por las noches era una zona tranquila y silenciosa.

Esos días los dediqué a escribir en mi diario y a ratos buscaba la sombra de alguna palmera para continuar la lectura de *Memorias de una Geisha* de Arthur Golden. Pasaba casi todo el día en la playa, en las tardes caminaba por El Adoquín, en las noches iba a tomar un trago a algún bar de la zona, pero antes de la una de la mañana ya estaba de vuelta en el búngalo.

Tania me sugirió que visitara otras playas cercanas. Faltaban cuatro días para terminar mi estancia así que dediqué un día para conocer Carrizalillo, quedaba a dieciocho minutos caminando. Una playa pequeña ubicada en una caleta resguardada por acantilados, a la cual se llega descendiendo doscientos escalones por una escalera de roca. Disfruté su oleaje tranquilo y el mar turquesa. Regresé al búngalo a las siete de la noche, me di una ducha y me recosté un rato con la puerta de la habitación abierta, la brisa del mar entraba como un arrullo y mis párpados se entrecerraban, la noche comenzaba a caer. **El cielo y el mar se unían como dos amantes en la negrura nocturna,** esa noche no se distinguía en el cielo ni una estrella, sólo la luna redonda acariciaba la bahía con su brillo de plata. No desperté hasta el día siguiente cuando el sol comenzaba a salir.

Tania me llevó un enorme plato de frutas: papaya, piña, melón, plátano y manzana.

—¿Cómo te la has pasado, Romina?

—He dormido como nunca, y nunca en mi vida había disfrutado tanto el mar.

—Me alegro mucho de que tu estancia esté siendo maravillosa. Te traje este plato de frutas como cortesía; no olvides que cualquier cosa que necesites, aquí estoy.

Tania era una anfitriona maravillosa, alegre y atenta.

Durante esos días de vacaciones sólo hablé una vez con mi hermana y mis sobrinas, y con Henry y Naima intercambié un par de mails. Todos se mostraron felices de que al fin tomara un descanso.

Ese día renté una bicicleta para ir a Playa Zicatela. La extensa playa tenía las olas más impresionantes que he visto en mi vida, el magnetismo del mar azul parecía hechizarme, pero no me atreví a meterme a nadar. Pasé la tarde a la orilla del mar, contemplando a los surfistas.

El sol comenzaba a fundirse en el mar y toda la playa, desde el cielo hasta la arena, se teñían de su resplandor dorado.

Me monté en la bicicleta para regresar al búngalo, dejé atrás el mar, el ocaso, las gaviotas; pero cuando estaba a punto de salir de Zicatela un bar llamó mi atención. Era como todos los de la localidad: una palapa de madera y techo de paja, con una tira de focos pequeños colgando alrededor. En la entrada tenía un pizarrón, decía: TRIBUTO A SIXTO RODRÍGUEZ. Y la banda en el escenario tocaba "Hate street dialogue". Estacioné la bicicleta en el sitio y entré al bar, estaba repleto de gente. Sólo había un lugar disponible en la barra. Me senté y le pedí al cantinero un mojito.

—Hola —me sonrió el hombre a mi lado. Aunque hablaba muy bien español, por su acento deduje que era francés.

—Hola.

—¿Ayer estabas en Carrizalillo?

—¡Sí! —respondí, aunque me sorprendió su pregunta.

—Te vi, pasé dos o tres veces cerca de ti, quería hablarte, pero estabas leyendo y te veías muy concentrada, y pensé: a ninguna mujer se le debe molestar cuando está leyendo —dijo y sonrió encogiéndose en hombros.

El cantinero dejó mi bebida frente a mí, le agradecí.

El francés tomó su cerveza la levantó en señal de brindis y me dijo:

—¡Salud! Mucho gusto, soy Adrien.

—Mucho gusto, soy Romina —sonreí y choqué mi copa con su cerveza—. Salud.

Platicamos toda la noche. Adrien tenía cuarenta y dos años, vivía en Zicatela desde hacía diez años. Era soltero. Tenía una hija de diecinueve años que vivía en Italia.

—Me enamoré de Oaxaca la primera vez que conocí y supe que quería vivir aquí para siempre. Tuve oportunidad de comprar una propiedad, hice un par de cabañas, en una vivo yo y las otras las rento.

—Sí, es más hermoso de lo que imaginé. Es la primera vez que vengo y seguro volveré.

—¿Y cuándo te vas? —preguntó.

—En dos días —respondí con una media sonrisa, bajé la mirada y le di un trago a mi bebida.

—Si aceptas ir de paseo mañana conmigo te prometo que no vas a querer irte nunca de Puerto Escondido.

Tardé unos segundos en responder, quería decir que sí, pero a la vez pensaba qué caso tenía, si jamás lo volvería a ver.

—Está bien, ¿a qué hora te veo mañana? —al fin respondí.

—Paso por ti a las cuatro de la mañana.

—¿Qué? ¿Estás loco?

—Sí. Sí estoy loco. Ah, y lleva bicicleta —se inclinó hacia mí mirándome fijamente con sus ojos negros. Olía a mar y a bloqueador solar.

—¡Está bien! —sacudí la cabeza con las manos al aire.

Anoté mi dirección en una servilleta, Adrien me comentó que sí conocía el lugar y, de hecho, era amigo del papá de Tania. Al terminar el tributo de Sixto Rodríguez pedimos la cuenta, Adrien insistió en invitar. Se levantó de su silla para sacar la billetera. Llevaba un short color verde, con hojas de varios colores dibujadas, y una camiseta blanca. Quizá medía un poco más de 1.80, era muy delgado, tenía el rostro bien afeitado y el cabello muy corto, su cabello era tan negro como sus ojos. Pagó la cuenta y me acompañó a la salida del bar, esperó a que subiera a la bicicleta. Mientras me alejaba alcancé a escuchar:

—Cuatro en punto, no te vayas a quedar dormida.

Di un manotazo al aire como señal de que lo había escuchado y giré un poco para verlo, me sonrío y le sonreí.

A las 3:50 a. m. tocó la puerta Adrien. Ya estaba lista, me bebí un café muy cargado para despertar. Él me recibió con una manzana, dijo que era más efectiva que el café. Guardé la manzana en el morral y nos montamos cada uno en su bicicleta. Aún no amanecía, las calles estaban apacibles. Seguí a Adrien con la confianza de quienes se conocen de toda la vida. Manejamos por varios kilómetros hasta llegar a Playa Bacocho, de arena dorada y mar turquesa. No había mucha gente en la playa por lo que el canto de los pájaros se escuchaba con claridad. Caminamos un poco para encontrar un lugar solitario detrás de unas enormes rocas. Adrien llevaba una manta en su mochila, la sacó para colocarla en la arena, recargamos las bicicletas en las rocas. De la mochila también sacó un termo de café, de esos que tienen integrados las tazas, lo desarmó para darme una, me senté sobre la manta, Adrien se sentó a mi lado. Ninguno de los dos habló por un largo rato.

Las gaviotas y las garzas volaban sobre nosotros como si también esperaran el amanecer.

El sol parecía nacer del fondo del mar y se elevaba lentamente, dejaba caer su fulgor sobre el agua, el horizonte era como el destino que arde y en el que nada está escrito.

—¿Cómo algo tan cotidiano puede ser tan perfecto?

Preguntó Adrien más para sí que para mí.

La espuma de las olas era una invitación a sumergirse. Me quité el vestido para quedar en traje de baño y corrí a la playa, Adrien corrió tras de mí. Pasamos horas nadando hasta que el hambre de la mañana se hizo presente.

—¿Quieres ir a desayunar a mi casa? —preguntó.

Asentí con la cabeza.

Recogimos las cosas y nos dirigimos a Zicatela.

La cabaña de Adrien estaba muy cerca de la playa, en medio de abundante vegetación; dentro de su propiedad estaban las dos cabañas que rentaba.

—¿Quieres tomar una ducha en lo que voy preparando el desayuno?

—Me parece bien.

Una puerta corrediza de cristal daba al patio de atrás. La regadera estaba al aire libre. No tenía cortinas, ni techo. Sólo una pequeña mampara.

Adrien me entregó una toalla limpia.

—No tardo —dije.

Sonrió y se dirigió a la cocina.

Cuando salí de la ducha ya tenía la mesa puesta en el porche.

La sobremesa se prolongó varias horas. Platicamos de todo, de nuestras vidas, nuestros planes, incluso de las cosas que nos daban miedo, del amor, de la soledad.

—Si no estás muy cansada y no tienes otros planes, quisiera llevarte a conocer un lugar muy especial para mí.

—No tengo planes. Sí, vamos. ¿Puedo saber dónde es?

—Se llama Punta Colorada.

—Me encantaría conocer.

—Puedes dejar aquí tu bicicleta, nos vamos en el jeep.

—Vale —dije. Y me levanté de la mesa para ayudarle a recoger los platos.

Llegamos a Punta Colorada casi a las cinco de la tarde, justo para la puesta de sol. Subimos el cerro y nos sentamos frente al mar. Las gaviotas iban y venían como las olas imponentes que chocaban contra las rocas en un vals interminable, la brisa marina dejaba un beso de sal en la piel, parecía que el mar guardaba todas las canciones y todos los poemas del mundo.

Adrien tomó mi mano y se acercó lentamente, me dio un beso suave en los labios, le correspondí.

—¿Y si te quedas? —me preguntó mientras acariciaba mi rostro y apartaba un mechón de mi cara.

A lo lejos el sol parecía una barca de fuego que se hundía en el océano. Las nubes también zarpaban para dar paso a la noche.

El mar, como el amor, siempre recomenzando.

—Sí, sí quiero quedarme —respondí.

Nuestros labios se unieron una vez más, tan llenos de deseo como nuestras manos, en un beso húmedo con sabor a sal.

Y mi corazón, como el de un espíritu libre, decide cuándo, dónde y junto a quién posar.

Esta obra se terminó de imprimir
en el mes de noviembre de 2024,
en los talleres de Impresora Tauro, S.A. de C.V.
Ciudad de México.